JOSTEIN GAARDER

Genau richtig

Die kurze Geschichte
einer langen Nacht

Aus dem Norwegischen
von Gabriele Haefs

Carl Hanser Verlag

Die norwegische Originalausgabe
erschien 2018 unter dem Titel *Akkurat passe*
bei H. Aschehoug & Co. in Oslo.

4. Auflage 2019

ISBN 978-3-446-26367-3
© Jostein Gaarder
First published by H. Aschehoug & Co. (W. Nygaard) AS, 2018
Alle Rechte der deutschen Ausgabe
© 2019 Carl Hanser Verlag GmbH & Co. KG, München
Umschlag: Peter-Andreas Hassiepen, München
Motiv: Der erschöpfte Mond © Quint Buchholz
Satz: Gaby Michel, Hamburg
Druck und Bindung: GGP Media GmbH, Pößneck
Printed in Germany

MIX
Papier aus verantwor-
tungsvollen Quellen
FSC® C014496
FSC
www.fsc.org

GLITREVIK,

23. APRIL 2009

LIEBE ALLE,

vorhin war ich bei Marianne, und mir ist klar, dass von nun an alles verändert ist. Ich bin aufgewühlt, und das, was jetzt bevorsteht, wird, auf die eine oder andere Weise, in uns allen Spuren hinterlassen. Zu einem wie auch immer gearteten Normalzustand führt kein Weg zurück. Es tut weh, daran zu denken.

Ich bin noch nicht lange hier, war nur kurz unten am See und habe das Boot zu Wasser gelassen, das muss ich immer tun, damit alles gewissermaßen in Ordnung ist und für die Saison in Gebrauch genommen werden kann.

Um den See herum gibt es hier und da Schneewehen, gewichtige Zeuginnen einer langen winterlichen Belagerung. Die Lufttemperatur liegt am Gefrierpunkt, aber es ist kein Eis mehr auf dem Wasser, nicht einmal ganz hinten in Glitrevik.

Ich schließe die Tür auf und stelle eine Einkaufstüte ab, ehe ich die Läden aufreiße und in den Öfen einheize. Durch das Fenster nach Westen kann ich sehen, dass die Sonne in ungefähr einer Stunde über dem See untergehen wird.

Ich muss das meiste mit einer Hand machen, jedenfalls

alles, wozu Feinmotorik vonnöten ist; das ist schon seit einigen Monaten so. Erst seit heute weiß ich, weshalb.

Ich friere an den Füßen. Ich habe nicht mehr zu Hause vorbeigeschaut, um Stiefel und warme Kleidung mitzunehmen, konnte die Vorstellung nicht ertragen, nach Hause zu kommen, da war niemand, zu dem ich hätte nach Hause kommen können. Aber ich war im Laden um die Ecke und habe die allernötigsten Lebensmittel erstanden. Ich habe für einen Tag eingekauft.

Hier oben fehlt es ja nicht an Stiefeln und dicken Pullovern, und ein Paar solide Wollsocken habe ich auch gefunden. In beiden Öfen brennt jetzt ein Feuer, und da wird es nicht lange dauern, bis es hier schön warm ist. Das ist der Vorteil einer kleinen Hütte. Genügsamkeit kann sich lohnen.

Nach meinem Besuch bei Marianne hatte ich sofort das Gefühl, dass ich allein sein, dass ich mich vollkommen isolieren müsste.

Ich denke nicht klar, in mir brodelt es, ich bin entsetzt, bestürzt, aber das hier ist etwas, dem ich mich stellen, zu dem ich eine Haltung einnehmen muss; also muss ich schreiben, nur so kann ich jetzt geradlinig denken. Ich muss dafür sorgen, dass meine Gedanken klar strukturiert sind, ehe sie den Weg aufs Papier finden. Ich glaube, ich ahne in dem ganzen Chaos einen roten Faden, weiß aber nicht, wohin der mich führen wird.

Und mir geht auf, dass ich nicht nur für mich selbst

schreibe, und vielleicht auch nicht nur für meine Nächsten. Vielleicht mache ich mir meine Gedanken stellvertretend für die gesamte Menschheit.

Denn was ist ein Mensch? Diese Frage kann naiv wirken. Aber mir geht auf, dass ich mir das noch niemals systematisch überlegt habe.

Nichts an meiner Situation ist einzigartig, im Gegenteil. Ich bin nur einer von uns, und in dieser Rolle werde ich heute Abend und heute Nacht hier sitzen und schreiben. Ich habe mir eine Frist von vierundzwanzig Stunden gesetzt.

Wir sind so unermesslich, so unerschöpflich reich an Lebenseindrücken, an Erkenntnissen, Erinnerungen und gegenseitigen Bindungen. Und wenn wir gehen müssen, löst sich alles auf und verschwindet, wird vergessen.

Die Welt hat Wunden, sie blutet. Und jetzt bin ich an der Reihe. Einmal musste dieser Tag ja kommen. Er kam wie eine Ohrfeige. Oder wie ein brutaler Nasenstüber.

Aber ich will in einer ruhigeren Ecke anfangen. Ehe ich mich dem letzten Akt des Dramas nähere, muss ich einen Teil des süßen Vorspiels schildern.

*

Ich denke an das allererste Mal, als Eirin und ich hier oben waren, es war im September 1972, und die Geschichte, die ich jetzt erzählen werde, habt ihr anderen noch nie gehört. Christian, June und Sarah, macht euch darauf gefasst, dass ich ein gutgehütetes Geheimnis lüften werde.

Der Grund, warum wir euch in all den Jahren verschwiegen haben, wie alles angefangen hat, ist irgendwie nicht zu greifen, aber ich glaube, dass es in fast jeder Familie gutgehütete Geheimnisse dieser Art gibt. Anfangs wollten wir Christian beschützen. Wir dachten, wir könnten alles erzählen, wenn er ein bisschen älter wäre. Nur ist es dazu einfach nie gekommen.

Aber jetzt sollen diese alten Geheimnisse beiseitegefegt werden. Ich werde von Anfang an erzählen, so, wie es sich nach siebenunddreißig Jahren in meiner Erinnerung darstellt. Und dann kann Eirin eventuell eingreifen und etwas korrigieren oder hinzufügen.

Wir sind beide neunzehn Jahre alt und frisch an der Osloer Universität immatrikuliert. Zum ersten Mal müssen wir uns an einem Montagmorgen im Aufenthaltsraum im Sophus-Bugges-Haus begegnet sein. Ich meine, es war an meinem allerersten Unitag.

In dem ganzen Gewimmel fällt mir ein Mädchen auf. Sie steckt gerade Münzen in einen Kaffeeautomaten, und da ist mir klar, dass auch ich einen Kaffee brauche, ehe die Vorlesung losgeht, sei es auch nur, um mich an irgendetwas festhalten zu können, und so werden wir aufmerksam aufeinander. Wir wechseln einen Blick, und sofort fahren wir zusammen, zucken innerlich, nicht, weil wir einander schon einmal begegnet wären, im Gegenteil, sondern weil wir beide genau wissen, dass wir beide einander noch nie im Leben gesehen haben.

Aber sie lächelt mich an, lange, bestimmt einige Sekunden. Und dieses Lächeln öffnet ungeahnte Räume in mir.

Wir wissen nicht, dass wir in dieselbe Vorlesung wollen, die erste in einer Reihe, die das ganze Herbstsemester andauern wird. Wir waren beide noch nie in diesem geschäftigen Universitätsgebäude, und jeder von uns ist allein hergekommen.

Wieder begegnen sich unsere Blicke und wir sind verlegen; das hier ist etwas, worüber wir erst eine Woche später sprechen werden. Gleichzeitig möchten wir beide so schnell wie möglich mit anderen Studierenden ins Gespräch kommen, Verbündete finden, am besten sofort, ehe die erste Vorlesung in diesem Herbst beginnt.

Sicher ist das der Grund, warum sie mich nach der Uhrzeit fragt, denn ich sehe, dass auch sie eine Armbanduhr trägt, und dass diese genau dieselbe Zeit zeigt wie meine.

Umso wichtiger wird es für mich herauszufinden, *warum* sie mich nach der Uhrzeit fragt. Gibt es da etwas zwischen den Zeilen, eine gewisse Doppeldeutigkeit? Will sie signalisieren, dass sie mich gern kennenlernen würde?

Ich antworte nur, es sei neun nach neun, und finde meine knappe Antwort dann sofort feige und ausweichend. Denn ich will gern länger mit dieser Frau sprechen. Aber nun habe ich die Chance auf eine Fortsetzung des Gesprächs vielleicht vertan.

Menschen machen oft so viele komplizierte Umwege, ehe sie direkt in Kontakt miteinander treten. Nur wenige Seelen besitzen die begnadete Fähigkeit, gleich zur Sache zu kommen: He, du! Dich würde ich gern kennenlernen!

Ich platzte also nicht damit heraus, dass mir dieses Mädchen gefiel, das mich mit dem Kaffeebecher in der Hand nach der Uhrzeit gefragt hatte. Ich verriet nicht, dass ich ihr Lächeln bezaubernd fand. Ich behielt das alles für mich, dass ich vollständig hin und weg von ihr war, dass ich auf den ersten Blick verzaubert war von ihrem üppigen nussbraunen Haar, den kühlen blauen Augen, wie das Wasser eines Gletschers, hätte ich sagen können, fast grün, oder dass sie gut roch; im Aufenthaltsraum herrschte ein ziemliches Gedränge.

Ich sagte auch nicht, wie sehr es mir gefiel, dass sie zur ersten Vorlesung des Semesters in einem geblümten Sommerkleid kam, und nicht in Jeans wie die meisten anderen. Zu Beginn der siebziger Jahre war man mit solchen Kommentaren lieber ein bisschen vorsichtig …

Aber meine armselige Antwort hatte rein gar nichts geschadet, denn dieses fröhliche Mädchen gab nicht so leicht auf. Sie fragte, ob ich ebenfalls in die Philosophievorlesung wolle. Ich nickte, und dann fasste ich mir endlich ein Herz: Ich sagte, wir könnten doch zusammen hingehen.

Und wieder lächelt sie mich an. Es dauert nur einen

Augenblick, bis ich mir ebenfalls einen Kaffee besorgt habe. Sie steht dabei geduldig neben mir.

Dann gehen wir zusammen durch das Foyer und weiter in den Hörsaal. Die Frage nach der Uhrzeit hatte sich als brauchbare Einleitung erwiesen.

Wir stehen auch nach der Vorlesung, in der ein junger Dozent uns einen kurzen Überblick über die Vorsokratiker gegeben hat, noch für einen Moment zusammen. Ich weiß nicht mehr, worüber wir gesprochen haben, vielleicht haben wir ein paar Worte über Empedokles oder Heraklit gewechselt, jedenfalls glaube ich nicht, dass wir viel über uns selbst gesprochen haben.

Dann trennen sich unsere Wege, entweder weil sie oder ich es eilig haben, oder ganz einfach, weil uns jetzt die Worte fehlen. Sie hat gesagt, sie heiße Eirin, das weiß ich noch, und ich sage, ich sei Albert.

An den folgenden Tagen laufen wir uns drei-, viermal über den Weg, oder wir spüren einander auf, suchen den anderen in den Winkeln und Ecken des Universitätsgeländes, und übrigens auch unten in der Stadt, in den Cafés, und bei jeder Begegnung stehen wir länger und länger zusammen und reden.

Aber wir setzen uns nie auf eine Bank oder ins Gras, und wir verabreden nie ein neues Treffen. Das ist nicht nötig. Wir wissen, wir werden uns wiedersehen.

*

Eine Woche nach unserer ersten Begegnung stehen wir abermals vor dem Kaffeeautomaten im Sophus-Bugges-Haus, und jetzt ergreift Eirin eine verblüffende Initiative.

Sie erzählt in einer Mischung aus Eifer und Verlegenheit, dass ihr Vater für einige Tage nach Kopenhagen gereist ist, dass sie sein Auto benutzen darf, und jetzt, sie kommt gleich zur Sache, lädt sie mich noch am selben Montag zu einer Autofahrt ein, einer »laaaangen« Autofahrt, wie sie betont, und sie schaut erst zu Boden und dann wieder zu mir, mit einem Ausdruck, der zwischen leicht verhohlenem Flehen und schelmischem Lächeln wechselt, mit einer zwischen Tiefe und Leichtsinn flackernden Mimik; die blaugrünen Gletscheraugen glitzern, sie tanzen, und ich fühle mich vollkommen überwältigt, fast erschöpft von dieser verletzlichen und zugleich eindringlichen Initiative einer jungen Frau, mit der ich nur einige Male gesprochen habe. Aber ich nehme die Einladung sofort an, obwohl ich eigentlich noch mit einer anderen zusammen bin, sie ist ein Jahr älter als ich und studiert Medizin, Marianne, aber ich versuche mir einzureden, dass diese Beziehung schon länger nicht mehr so gut läuft.

Etwas in mir jubelt, schlägt Räder und läuft auf den Händen.

Erst als wir zusammen in den Hörsaal gehen, stelle ich fest, dass sie an diesem Montag alltäglicher angezogen ist als bei unseren bisherigen Begegnungen. An diesem Tag trägt sie abgenutzte Jeans und einen roten Pullover aus flauschiger Mohairwolle.

Ihr Vater ist in Kopenhagen, und der Ausflug an diesem Montag ist geplant, er ist sorgfältig durchdacht. Ich bin ja nicht total auf den Kopf gefallen.

Von der Vorlesung bekomme ich nicht viel mit, es geht um Sokrates, der am Ende zum Tode verurteilt wurde, weil er die Jugend auf Irrwege geleitet haben soll, aber nur wenige Minuten später sitzen wir im Auto, einem nagelneuen Volvo 144, und vor uns liegt der ganze Tag.

Ich weiß nicht, ob ich jemals in einem schöneren Auto gesessen habe, höchstens in einem Taxi, aber jedenfalls hatte ich niemals eine so verführerische Chauffeuse. Im Laufe dieses Nachmittags wechseln wir uns hinter dem Lenkrad ab. Ich darf ebenfalls die Pferdestärken ausprobieren. Und Eirin wird sich in den Beifahrersitz zurücksinken lassen und Witze machen und lachen.

Als eine Art Vorspiel fahren wir zuerst hoch nach Grefsenkollen und dann nach Holmenkollen, damit haben wir uns gewissermaßen einen Überblick über die Stadt verschafft, in der wir wohnen, zuerst aus Eirins Blickwinkel, die auf Grefsen aufgewachsen ist, dann aus meinem, denn ich wohnte damals noch zu Hause auf Holmen.

Aber danach sind wir wirklich unterwegs, wir haben keine Ahnung, wohin die Reise geht, und es spielt auch keine Rolle. Wir streifen kreuz und quer durch Ostnorwegen und reden dabei ununterbrochen, denn wir haben nicht weniger als neunzehn Jahre getrennt voneinander gelebt, und deshalb haben wir uns viel zu sagen, sehr viel, wir haben keine gemeinsamen Erinnerungen, keine gemeinsamen Bezugspunkte; die entstehen erst jetzt, mit diesem Tag können wir anfangen, Episoden und Augenblicke zu sammeln, die uns gemeinsam gehören, die wir gemeinsam erschaffen, und von denen wir einander nicht zu einem späteren Zeitpunkt erzählen müssen.

Einmal halten wir an einem Rastplatz und pflücken Blaubeeren, wobei wir durch eine gewisse Ungeschicklichkeit gegeneinanderstoßen und dann bald an dem blauen Auto lehnen und einander behutsam küssen. Allerdings biegt viel zu bald ein riesiger Lastzug auf den Rastplatz ein und kommt neben uns zum Stillstand. Als das gewaltige Fahrzeug bremst, hupt der Fahrer einmal kurz, wie um uns zu begrüßen, oder wohl eher, um sich über uns lustig zu machen, aber wir haben keine Lust, diesen Lastwagenfahrer kennenzulernen, wir sitzen rasch wieder im Auto, schreckhaft wie Beutetiere.

Und wir fahren weiter an diesem langen Binnenlandsfjord entlang, den ihr alle inzwischen so gut kennt. Für uns, damals in der Urzeit, ist das hier noch unbekanntes Land, wir sind auf Entdeckungsreise.

Wir machen einige kleinere Abstecher, probieren Seitenwege aus, ich weiß nicht mehr so recht, weshalb, dann kommen wir an einem kleinen Bauernhof vorbei, erreichen einen fast zugewachsenen Waldweg, und dort steht ein Wegweiser nach Kringlen. Der Weg endet vor einem

Wanderpfad, wo ein handgefertigtes Schild den Weg hoch zum Glitretjern anzeigt.

»Glitretjern!« Der Glitzersee!

Uns erscheint dieser Name verlockend, anziehend. Stellt euch vor, Christian, June und Sarah, damals haben wir diesen Namen zum ersten Mal gesehen, lange, ehe es euch überhaupt gab.

Wir stellen das Auto des Vaters so dicht an den Waldrand wie möglich. Eirin parkt es im Rückwärtsgang, während ich draußen stehe und winke. Wir arbeiten mit einer Präzision und einem Einvernehmen, als hätten wir das schon viele Male getan, oder vielleicht eher, als ahnten wir, dass wir das Auto nicht zum letzten Mal gerade hier abstellen. Und ohne Speis und Trank oder irgendwelche zusätzliche Kleidung wandern wir los. Wir wollen zum Glitretjern.

Es ist Spätsommer, die zweite Septemberwoche, und in der Nachmittagssonne vergessen wir, dass es nachts kalt werden kann; ich trage ein dünnes Jeanshemd, so eins mit weiß emaillierten Druckknöpfen, und Eirin hat ihren flauschigen Pullover an, knallrot ist der, wie ein wütender Lippenstift oder ein Sonnenuntergang im Herbst.

Und das Essen? Wir sind nur hungrig darauf, einander besser kennenzulernen, und Wasser, um unseren Durst zu stillen, gibt es im Glitretjern, auf dem Schild stand, er sei nur drei Kilometer entfernt.

Doch es sind anstrengende Kilometer. Wir müssen

steile Stellen überwinden und erreichen den See erst eine Stunde später.

Dann aber sind wir einfach hin und weg von dem glitzernden Waldsee. Eine kleine rotgestrichene Holzhütte mit schrägem Dach und weißen Fensterläden steht ganz allein an einer schmalen Bucht, und dort ist auch ein kleines Ruderboot vertäut, in dem zwei Ruder liegen.

Jetzt müssen wir uns umschauen.

Wir befinden uns in einer offenen Landschaft, es ist keine Hochebene, sondern ein Höhenzug in der Birkenzone, vielleicht fünf-, sechshundert Meter über dem Meer. Weit hinten im Nordwesten erblicken wir die Umrisse hoher Berge.

Die Sonne wärmt noch immer, und schweißnass und erschöpft nach der Kletterei ziehen wir uns auf einer Felskuppe aus und springen nackt ins Wasser, es kommt uns genau richtig vor, natürlich und irgendwie heimatlich, als ob wir schon ahnten, dass das hier eines Tages, viele, viele Jahre später, *unser* See wäre, und dass das rote Haus, das sie oder ich manchmal »Märchenhaus« und manchmal »Hexenhaus« nennen, eines Tages uns gehören würde.

Nach dem Bad kämpfen wir uns wieder an Land, rufen und lachen, schütteln das Wasser aus den Haaren und ziehen uns an, denn jetzt ist uns kalt, und wir sind sicher auch ziemlich verlegen, aber es ist die Hippiezeit und gewissermaßen peinlich, Nacktheit peinlich zu finden, deshalb wagen wir beide nicht, auch nur das geringste Anzeichen von Schüchternheit zu zeigen. Wir schauen einander kaum an, aber für einen kurzen Augenblick sehe ich sie doch, und mir wird ganz schwindlig.

Die Sonne steht jetzt tiefer am Himmel, das Wasser glitzert noch immer, aber es hat einen goldeneren Farbton als vorhin bei unserer Ankunft.

Ich weiß nicht mehr, ob wir überhaupt auf den Gedanken gekommen sind, dass wir vor Einbruch der Dunkelheit wieder zum Auto zurück müssten. Bald sitzen wir jedenfalls im Boot und rudern auf den See hinaus. Dort draußen verstummen wir beide, sind so wortkarg, dass wir die Ruder wie schwere Schläge auf die Wasseroberfläche fallen hören. Rudern ist absolut nicht unsere starke Seite, weder ihre noch meine.

Wir finden keine Worte. Wir kennen einander erst seit einer Woche, aber mir kommt es vor, als hätten wir schon ein ganzes Leben zusammengelebt, oder, denn eigentlich geht es ja wohl darum, ob wir vielleicht ein ganzes Leben zusammenleben werden, und das geht uns zum allerersten Mal hier bei einer Fahrt im gestohlenen Ruderboot über den Glitretjern auf.

Wir rudern zurück, fast ohne miteinander zu reden. Ernst hat sich über uns gesenkt, jedenfalls über Eirin, sie wirkt fast traurig, und als wir das Boot vertäuen, ist die Sonne hinter dem Horizont verschwunden und das Wasser jählings dunkler geworden.

Ich weiß nicht so recht, warum, aber ich denke plötzlich, dass der See sehr tief sein muss.

Uns kommt die Idee, dass wir versuchen könnten, die Tür des Hexenhauses aufzubrechen und dort für die Nacht Unterschlupf zu suchen. Wir haben uns verlaufen, das ist keine unzutreffende Behauptung, denn auf irgendeine Weise sind wir in die Irre gegangen, wie im Traum, und wie ungehorsame Kinder werden wir bald von der Nacht eingeholt.

In der Hütte werden wir außerdem etwas zu essen finden, sage ich, oder sie sagt es, und vielleicht auch etwas zu trinken. Beide sind wir sofort überzeugt von diesem Vorschlag. Wir sind eifrig und erwartungsvoll. Wir reden jetzt wieder munter drauflos.

Es gelingt uns, die Tür zu einer Mischung aus Holzverschlag und Geräteschuppen aufzutreten, heute nennen wir das nur die »Bude«, und mit Hilfe einer soliden Brechstange können wir nach einiger Anstrengung in das Hexenhaus einbrechen. Während wir arbeiten, begegnen sich unsere Blicke für einen Moment, als ob wir riefen: »Wir sind doch wahnsinnig! Was machen wir hier eigentlich?«

Draußen dämmert es, nicht mehr viele Tage trennen uns von der herbstlichen Tagundnachtgleiche, aber wir haben ein Dach über dem Kopf, und wir sind plötzlich uns selbst überlassen und dem, was da kommen kann, zum Beispiel ein überraschender Besuch des Hausbesitzers.

Im Wohnzimmer stolpern wir eine Weile im Halbdunkel umher, ich stoße mit dem Knie gegen einen Jotulofen und Eirin fällt über einen alten Schaukelstuhl, sie heult laut auf, endlich finden wir auf der Fensterbank eine Schachtel Streichhölzer und können vier dicke Stummelkerzen anzünden.

Nach einem langen Tag unter der stechenden Spätsommersonne ist es in der Hütte heiß wie in einem Treibhaus. Es wäre schön, ein oder zwei Fenster öffnen zu können, aber aus Angst, von Vorüberkommenden, die sich hier auskennen, entdeckt zu werden, wagen wir nicht, die Läden aufzuschlagen. Wir begnügen uns mit dem einen vor dem Westfenster, das auf den See blickt. Das Fenster, vor dem ich auch jetzt sitze.

Die Hütte hat nur drei Zimmer: im Erdgeschoss ein geräumiges Wohnzimmer mit Sofa, Couchtisch und Sesseln, außerdem einem großen Esstisch mit sechs Stühlen, und eine niedliche kleine Küche mit Sitzecke und Speisekammer; und von einer kleinen Diele aus führt eine schmale Treppe zum Schlafzimmer im ersten Stock. Dieses Schlafzimmer ist so groß wie das gesamte Erdgeschoss, der vorhandene Platz wird jedoch durch das schräge Dach eingeschränkt. Immerhin ist Platz genug für drei rotgestrichene Betten und eine blaue Bauernkommode.

Ich hole in einem Zinkeimer Wasser aus dem See, während Eirin in dem kleinen Holzofen in der Küche Feuer macht. Seltsamerweise gibt es keine andere Kochgelegenheit. Wir gießen Wasser in einen Kochtopf und stellen ihn auf den Ofen.

Wortlos machen wir uns auf die Suche nach etwas Essbarem. In der Speisekammer finden wir Pulverkaffee, Kekse und dunkle Schokolade, und schon das lässt uns erleichtert aufatmen. Aber Eirin findet zudem eine Tüte Reis und eine Packung Milchpulver, oder *Vikingmelk*, wie es auf der Packung heißt, und sie strahlt und sagt nur: »Milchreis!«

Eine gewisse Zeit später sitzen wir einander gegenüber am Küchentisch, auf dem zwei brennende Kerzen stehen, und essen Milchreis mit Zimt und Zucker. Mit Wasser aus dem Glitretjern haben wir eine Kanne verdünnten Blaubeersaft angerichtet, und es fehlt uns an nichts; vielleicht habe ich mich nie so reich gefühlt wie damals und dort, obwohl wir doch in das Hexenhaus eingebrochen sind und uns von Diebesgut ernährten.

Und dann: Als Eirin mir gegenüber vor der verbotenen Breischüssel sitzt, im roten Pullover und mit den langen nussbraunen Haaren, die ihr über die Schultern fallen, rutscht es mir einfach so heraus: »Goldhaar!«

Sie ist wie aus dem alten Märchen von Goldlöckchen oder Goldhaar entsprungen.

Dass ich Eirin ab und zu Goldhaar nenne, wisst ihr ja. Aber in all den Jahren war es unser kleines Geheimnis, warum ich ihr diesen Kosenamen gab. Es hatte eher mit dem Brei zu tun als mit der tatsächlichen Farbe ihres Haars. Wir waren außerdem gerade in das Hexenhaus eingebrochen und waren schon oben im Schlafzimmer gewesen und hatten alle drei Betten inspiziert.

Ich erhebe mich von meinem Hocker, gehe zu Eirin hinüber und sage mit aufgesetzt drohender Stimme, ich sei einer der Bären, der größte und gefährlichste. Beteure ich. In Wirklichkeit bin ich nur darauf aus, sie auf den Dachboden zu locken, jetzt kann ich nicht mehr warten. Und sie bekommt es auch nicht mit der Angst zu tun, sie lächelt nur mädchenhaft und ein wenig nachsichtig, obwohl ich mir die allergrößte Mühe gebe, brummig und gefährlich zu wirken.

Noch während sie auf ihrem Stuhl vor der Breischüssel sitzt, zieht sie mich an sich, beschnuppert mich gewissermaßen und flüstert: »Mm ... *genau richtig*!«

Wir blasen die Kerzen aus, nehmen eine Stummelkerze aus dem Wohnzimmer mit und schleichen uns hinaus in die Diele, obwohl es außer uns niemanden hier gibt, vor dem wir uns in Acht nehmen müssten, aber dennoch: Wir gehen auf Zehenspitzen weiter, wie ein improvisiertes Ballett, ein graziöser Pas de deux.

Wir balancieren die Treppe zum Schlafzimmer hoch und probieren alle drei Betten nacheinander aus, ehe wir ein paar Stunden später eine Decke über uns ziehen und in einem Bett einschlafen, das fest und weich genug zum Schlafen ist, genau richtig. In jedem der drei Betten konnte ich das Schwindelgefühl abbauen, das mich überkam, als wir aus dem Wasser stiegen und ich Eirin zum ersten Mal sah.

Beim Einschlafen, erschöpft von Zärtlichkeit und Verlangen, fährt Eirin mir mit der Hand durchs Haar und sagt, die Hütte, die wir in Beschlag genommen haben, sei wirklich ein Märchenhaus.

*

Ich war gerade draußen und habe frische Luft geschnappt. Es wird dunkel, aber noch immer ist im Westen ein rötlicher Streifen zu sehen, wie ein ferner Gruß des roten Flauschpullovers aus einer lange vergangenen Zeit.

Der See ist jetzt ebenfalls dunkel und hat einen düsteren Unterton.

Solche Seen haben etwas Unergründliches, etwas Widersprüchliches. Sie können mitten am Tag so hell und blau wirken, so lebensbejahend und heiter, aber dann werden sie so schwarz und bedrohlich, wenn die Nacht hereinbricht, wie tiefe Senken in der Zeit, schwarze Löcher mit einer so starken Schwerkraft, dass sie alles einsaugen.

Ich habe vorhin lange geschrieben, und ich schreibe mit der rechten Hand. Dennoch ist es die linke Hand, die geschwächt ist, die, die sich steif und unbeholfen anfühlt. Ich versuche, sie zu schütteln, aber das hilft nichts. Seit einigen Wochen kann ich *sehen*, dass sie schwächlicher und schlaffer ist als die rechte Hand.

Eirin, wir haben da ja an jenem Nachmittag vor einer knappen Woche auf der Fahrt zum Flughafen bereits kurz darüber gesprochen.

Schon im Winter war ich wegen meiner Hand bei Marianne gewesen. Die Finger waren innerhalb kurzer Zeit so steif und unbeweglich geworden. Marianne hatte zuerst eine Reihe von Blutproben genommen und mich außerdem zu einer MR-Untersuchung von Gehirn und Rückenmark geschickt, beides jedoch ohne Befund. Sie konnte mir deshalb zu der Zeit einen kleinen Vortrag über alle Krankheiten halten, die ich *nicht* hatte, und das waren nicht wenige, gerade dieser Termin bei ihr war im Grunde ermutigend. Eine Form von Parkinson konnte sie jedoch nicht ausschließen, nur sei es möglicherweise noch zu früh, um schon eine klare Diagnose stellen zu können. Aber danach, wie du ja weißt, hat sie mich zu diesem Neurologen geschickt. So weit waren wir also, ehe du geflogen bist: Dass ich am nächsten Morgen im Rikshospital erscheinen sollte.

Weißt du noch? Ich glaube, du weißt es noch, wenn du das hier liest …

Bald werde ich zu einem Punkt kommen, den wir nicht berührt haben. Wir haben beide nicht über die Möglichkeit gesprochen, dass uns etwas Ernsthaftes zustoßen könnte, während du verreist wärst, aber wir hatten ja auch keinen Grund, uns besondere Sorgen zu machen, denn ich ahnte nicht, dass die Resultate der bevorstehenden Untersuchungen auf eine schwerwiegende Krankheit hinweisen könnten, wirklich nicht, und du würdest weit und lange verreisen, es gab so viele angenehmere Dinge zu besprechen. Was sollten wir zum Beispiel Sarah zu ihrem zwölften Geburtstag schenken, nur zwei Tage nach deiner Rückkehr aus Australien?

Allerdings glaubte ich, erwähnt zu haben, dass ich vermutlich eine Art Krankenbericht vom Rikshospital bekommen würde, eine Epikrise. Doch dann ruft plötzlich Marianne an …

Ich sitze dem allem jetzt ganz allein gegenüber. Das ist jedoch irgendwie auch ein gutes Gefühl. Es bedeutet eine gewisse Freiheit. Ich muss ganz für mich selbst eine Entscheidung treffen. Aber wenn ich das tue, dann wird es für uns beide sein, ich meine, für uns alle fünf.

*

Jahre können unüberschaubar lange sein, während man mitten darin steht und gewissermaßen versucht, sich zu einer unbekannten Zukunft vorzutasten, aber wenn man später an diese Jahre zurückdenkt, scheint es, als seien sie im Sturmschritt vorübergegangen.

Auf die Zukunft gerichtet zu leben, bedeutet zwangsläufig eine gewisse Unentschlossenheit, einen umherirrenden Blick; sonst kann man wichtige Gelegenheiten und Möglichkeiten leicht aus den Augen verlieren. Man schaut sich deshalb nach allen Seiten um und muss immer wieder improvisierte Entscheidungen treffen.

Bei Rückblicken ist das anders. Der Blick irrt dann nicht umher. Die Erinnerungen schweifen nur am Lebensweg entlang, so, wie er sich entwickelt hat.

Eines Tages, fast zehn Jahre nach unserem Einbruch in das kleine Haus im Wald, in dem Sommer, in dem Christian eingeschult wird und übrigens nach einer Periode, in der Eirin und ich uns nicht besonders gut verstanden haben – entdecken wir eine kleine Zeitungsanzeige mit einem Bild des Märchenhauses: Es steht zum Verkauf!

Eirin hat längst ihr Abschlussexamen in Süßwasserbiologie abgelegt, zu der Zeit arbeitet sie am Norwegischen Institut für Wasserforschung, und ich habe oft scherzhaft gesagt, dass sie die Inspiration für ihre Berufsentscheidung bestimmt dem Glitretjern verdankt. Ich selbst arbeite seit einigen Jahren als Lehrer für Englisch und Geschichte.

Wir wenden uns an den Makler, und er gibt uns die Telefonnummer des Hausbesitzers, damit wir ihn direkt anrufen und eventuell einen Besichtigungstermin vereinbaren können.

Dieses Telefongespräch werde ich nie vergessen!

Eirin ruft an, aber ich stehe dicht neben ihr und habe ihr den Arm um die Taille gelegt. Ich höre alles, was der Verkäufer am anderen Ende der Leitung sagt.

»Espegard! Ich glaube, er hieß Knut Espegard …«

Eirin vereinbart einen Besichtigungstermin, und ohne den Mann zu unterbrechen, lässt sie sich genau erklären, wo wir von der Hauptstraße abbiegen sollen, um nach Kringlen zu gelangen, wo wir den Wagen am Waldrand abstellen können, und nicht zuletzt, wie wir zu Fuß überhaupt den Glitretjern und die rote Hütte erreichen; der

Pfad ist angeblich gut begehbar, und es gibt nur diesen einen.

Der Verkäufer sagt auch etwas über steile Stellen, er bittet dafür fast um Entschuldigung, was Eirin aber elegant pariert – sie sagt, dass wir gut in Form sind und mit den Anstiegen sicher fertigwerden – und dabei sieht sie mich an und zwinkert mir vielsagend zu.

Mit keinem Wort verrät sie, dass wir diese Stellen nicht zum ersten Mal hochklettern werden.

Es ist mitten im Sommer, und wir machen uns zusammen mit Christian auf den Weg.

Wir haben ihm schon erzählt, dass Mama und Papa vielleicht eine Hütte im Wald kaufen wollen, an einem kleinen See mit einem Ruderboot, vielleicht auch, dass die Hütte Märchenhaus heißt, ob dieser Name wirklich bereits vor der Besichtigung fiel, weiß ich nicht mehr, ich weiß nur, dass Eirin und ich in all den Jahren untereinander immer mal wieder das Märchenhaus erwähnt haben, unser erstes Liebesnest.

In diesem Frühjahr allerdings waren Wochen vergangen, ohne dass wir vom Märchenhaus gesprochen oder Anspielungen auf die leidenschaftliche Liebe auf dem Dachboden in jener Septembernacht gemacht hätten, ein Thema, das uns noch kurz zuvor erregt hatte.

Fast feierlich sucht Eirin nach dem flauschigen Pullover aus rotem Mohair, jetzt, da es abermals zum Glitretjern geht. Ich glaube, ich habe ihn seit der Eskapade zehn

Jahre zuvor nicht mehr gesehen, ein Jahr, bevor wir gemeinsam in eine winzige Wohnung in Kampen gezogen sind. Was für eine Vorstellung, dass der rote Pullover noch vorhanden ist, noch dazu unversehrt!

Wir fahren sogar im selben Auto nach Kringlen. Mein Schwiegervater hat sich gerade ein neues Auto gekauft, diesmal einen Audi, und wir haben den alten Volvo geerbt, oder genauer gesagt, wir haben ihn gegen einige Gläser Multebeermarmelade eingetauscht, mit anderen Worten, ein sehr gutes Geschäft, da bald wieder Multebeersaison sein wird, und vielleicht wachsen am Glitretjern auch Multebeeren, Eirin glaubt, sich daran zu erinnern, dass sie an jenem Septembertag vor fast zehn Jahren welche gesehen hat.

Der Weg hinauf ist unvergesslich. Schon unterwegs, in den zwei Stunden, die wir für die Tour brauchen, wir haben ja jetzt Christian bei uns, spüren wir, dass wir eine Entscheidung für die Zukunft treffen werden, eine Entscheidung, die etwas mit Werten zu tun hat.

Die Luft ist warm, und wir sind dünn angezogen. Wolfseisenhut und Storchenschnabel wachsen in dichten Büschen, und die Hummeln schwirren zwischen den violetten Blüten herum und sind mit ihrer Bestäubungsarbeit beschäftigt. Zeitweise stehen wir fast bis zu den Knien in Farn und Blaubeersträuchern, und Christian pflückt einen Strauß Butterblumen, hebt die gelben Blüten unter Mamas Kinn, um zu sehen, ob sie gern Butter isst.

Mit einem Siebenjährigen durch diese Natur zu gehen ist, wie ein Kalb auf die Sommerwiese zu lassen. Eirin und ich gehen jetzt *zusammen*, mit sicherem Schritt.

Du freust dich, Christian, und wie Mama und Papa zehn Jahre zuvor redest du ununterbrochen. Du gehst den ganzen Weg auf eigenen Füßen und klagst kein einziges Mal darüber, dass der Pfad so steil nach oben führt. Wir lassen dich vor uns herlaufen und ernennen dich zum Pfadfinder der Familie.

Ich weiß nicht, ob du dich an dieses allererste Mal erinnerst, als du im Märchenhaus warst?

Dann haben wir das rote Haus erreicht. Zehn Jahre!

Was *sind* zehn Jahre?

Damals waren wir neunzehn und kannten einander erst eine Woche.

Wenn wir danach nicht zusammengeblieben wären, würden wir uns sicher nicht so genau an diese alte Episode erinnern. Wir waren eben unternehmungslustig, und wir hätten bestimmt auch ähnliche Geschichten von Erlebnissen mit anderen Partnern oder Partnerinnen erzählen können, sowohl Eirin als auch ich. Ich denke hier natürlich an Marianne, andere hat es nicht gegeben, und mir fällt jetzt nicht einmal der Name von Eirins Ex ein, der Mann war nicht weiter wichtig.

Aber jetzt waren wir wieder hier, und jetzt waren wir eine kleine Familie.

Wir klopfen an die Tür der Hütte, es kommt keine Antwort, sie steht jedoch einen Spaltbreit offen, und wir treten ein.

Wie durch Zauberhand stehen wir wieder in dem Holzhaus, mitten im Märchen, denn auch diesmal ist die Hütte leer!

Wo aber steckt der Besitzer?

Durch das nach Westen gehende Fenster, das wir damals des Ausblicks wegen geöffnet hatten und vor dem ich jetzt zum Schreiben sitze, sehen wir einen Mann aufs Ufer zurudern, und wir schnappen uns Christian und stürzen hinaus, um dem Mann entgegenzugehen.

Ich glaube, es ist uns peinlich, dass wir schon wieder unbefugt in das Haus eingedrungen sind. Da zwischen uns ein Siebenjähriger herumspringt, können wir nicht damit rechnen, dass es ein Familiengeheimnis bleibt.

Kinder sind ehrlicher als Erwachsene. Jedenfalls sind sie redseliger.

Der Verkäufer ist einige Jahre älter als wir. Er begrüßt zuerst Christian, auf eine Weise, die deutlich macht, dass er selbst Kinder hat.

Er hat etwas fast Vertrautes, als ob wir ihm nicht zum ersten Mal begegneten. Er hat ein freundliches Gesicht und mustert uns aus tiefen blauen Augen. Eirin wird später sagen, der Mann habe »kobaltblaue« Augen, und ich lasse diese Beschreibung auf ihre Verantwortung so stehen.

Eirin und ich hatten auch eine angenehme Erinnerung

an diesen ein wenig turbulenten Frühsommer. Bei einem von mehreren Versuchen, wieder miteinander ins Gespräch zu kommen, hatten wir uns eines Sonntags ins Auto gesetzt und waren zum Modum Blaafarveværk gefahren, das im 19. Jahrhundert nicht weniger als achtzig Prozent des weltweiten Bedarfs an Kobaltblau gedeckt hatte, bis hin nach China und Japan. Es war eine seltsame Vorstellung, dass etwas so Exotisches wie blaues und weißes Chinaporzellan viele Jahre hindurch vom Kobalt aus dem Bergwerk eines kleinen Ortes in Buskerud abhängig gewesen war.

Wir bleiben zwischen See und Haus stehen, und der Besitzer erzählt, wie wunderbar ruhig es hier sei; nicht viele Menschen seien in dieser Gegend unterwegs, erzählt er, aber fast täglich könne er Rotwild und Elche beobachten, Füchse und Hasen, Hermeline und Otter.

Wir gehen langsam zurück zu der Hütte, dem eigentlichen Verkaufsobjekt, denn der See ist nicht zu verkaufen, aber zum Haus gehört auch ein Grundstück von einem Dekar.

Während Knut erzählt – denn so hieß er doch, Knut? –, stehe ich da und streiche über einige Kratzer im Türrahmen, und nun macht der Mann große Augen. Er erzählt, es habe hier nur ein einziges Mal einen Einbruch gegeben. Aber, fügt er hinzu, der war schonend ausgeführt.

Der Verkäufer weiß nicht mehr genau, weshalb, es ist fast zehn Jahre her, aber damals habe er gedacht, es müssten zwei Einbrecher gewesen sein, und er glaubt, sie hätten nur über Nacht einen Unterschlupf gesucht; sie hatten sich aus der Speisekammer ein paar Vorräte geholt und offenbar auch in den Betten gelegen, hatten aber ansonsten alles unversehrt gelassen.

Jetzt fühle ich mich ein bisschen verlegen, verliere den festen Boden unter den Füßen, und Eirin fällt das auf, denn am selben Abend beklagt sie sich darüber, dass ich nicht lügen könne. Und sie tritt zwischen den Verkäufer und mich, schaut zu ihm hoch und betont, sie halte diesen Einbruch, von dem er erzählt hat, trotzdem für eine Unverschämtheit.

Der Verkäufer zuckt nur mit den Schultern und erklärt, er habe das Ganze als Bagatelle abgehakt. Aber natürlich, fügt er noch hinzu, wenn sie einen Fünfziger oder zwei hinterlassen und sich für das Dach über dem Kopf bedankt hätten, dann wäre die Rechnung gewissermaßen beglichen gewesen. Außerdem seien sie mit der Brechstange ein bisschen ungeschickt umgegangen, und sie hätten ja wenigstens Geschirr, Löffel und Gläser spülen können, ehe sie weiterzogen.

Mit diesen Worten trifft er Eirins wunden Punkt. Schlamperei hat sie immer schon verabscheut. Aber wir wissen beide noch, dass wir damals plötzlich heftig erschrocken waren, weil wir hörten, wie die Krähen um den Sägebock vor dem Schuppen jählings aufstoben. Wir hatten Angst, dass jemand käme, und nahmen die Beine in die Hand.

Ich sehe, wie der schlanke Oberkörper unter dem feuerroten Pullover zusammenzuckt. Eirin hat nie vergessen, dass wir uns damals vor dem Abwasch gedrückt hatten.

Und du, Christian, stehst bei diesem Gespräch mit gespitzten Ohren dabei. Als wir zum Auto zurückgehen, willst du wissen, ob wir das Haus im Wald kaufen werden. Aber vor allem interessiert dich diese unheimliche Geschichte, die der Mann gerade erzählt hat: »Ein Einbruch!« Du willst mehr über diese Diebe hören. Wurden sie am Ende gefangen? Waren sie gefährlich? Könnten sie zurückkommen?

Wenn du das hier liest, verstehst du sicher, warum Eirin und ich dir nicht erzählen konnten, dass Mama und Papa die Diebe waren, dass wir zehn Jahre zuvor in das Märchenhaus eingebrochen waren, dass wir einmal das waren, was manche Leute als Pöbel oder jugendliche Delinquenten bezeichnen.

Je länger wir damit warteten, dir das alles zu erzählen, umso deutlicher wurde, dass wir uns dafür verantworten müssten, dir nicht alles über dieses Haus, das wir gekauft hatten, erzählt zu haben. Du bist herangewachsen und wurdest größer, und das, was wir verschwiegen hatten, schien in die Ferne zu rücken. Als June in die Familie kam, schien es zu spät, das zu korrigieren, und unser Schweigen dauerte bei Sarah an.

Wenn sich so ein Verschweigen erst einmal festgesetzt hat und von einer Generation an die andere weitergereicht wird, dann ist es besser, alles so zu lassen, wie es immer gewesen ist.

Das, was ich hier schreibe, wird deshalb zu der Ausnahme, die die Regel bestätigt. Ich stehe vor dem größten Aufbruch meines Lebens und verspüre kein Bedürfnis mehr, etwas für mich zu behalten.

Im Nachhinein haben Eirin und ich darüber gescherzt, dass wir die Hütte vielleicht wegen dieser Einbruchsgeschichte billiger bekommen haben, natürlich nicht wegen der Schrammen am Türrahmen, sondern weil wir den Eindruck erweckt hatten, wir könnten uns Sorgen machen, dass sich so etwas hier draußen in der Wildnis wiederholt, und das hätte den Wert der Hütte reduziert.

Wir waren die einzigen Interessenten, aber im Notfall hätten wir sicher mehr als das Doppelte der schließlich vereinbarten Kaufsumme geboten. Obwohl wir uns noch in der Anfangsphase befanden und Studiendarlehen und Hauskaufdarlehen abzahlen mussten, konnten wir schon damals gutes Geld bezahlen, und für andere Interessenten hätte das Häuschen wohl kaum denselben sentimentalen Wert besessen.

Wir waren bereits auf den Geschmack gekommen. Für uns hätte der Preis höher oder auch niedriger sein können, ich hielt ihn für durchaus hoch, wenn man bautechnische Maßstäbe anlegte, aber Eirin meinte, wir hätten ein Schnäppchen gemacht. Sie verwies auf das Grundstück und die Umgebung, die ja auch dazugehörten, und vielleicht hatte sie besonders den See im Blick, obwohl sie das niemals zugab. Im Nachhinein kamen wir überein, der Preis war genau richtig.

Auch der Zeitpunkt für diesen Grundstückserwerb war ideal. Dass wir genau in diesem Sommer eine neue Chance erhielten, kam wie gerufen.

Während der vergangenen zwei Monate hatten wir einander nicht so oft gesehen, abgesehen von den obligatorischen Mahlzeiten, wenn wir uns am Küchentisch gegenübersaßen und Christian abwechselnd nach seinem Tag im Kindergarten ausfragten. Wir brachten ihn abends auch abwechselnd zu Bett, und wer damit gerade nicht an der Reihe war, ging in der Regel aus.

Eirin war restlos ihren Mikroskopen und Petrischalen verfallen. Und auch ich blickte in eine andere Richtung als zu ihr. Aber durch das Märchenhaus bekam unsere Beziehung einen neuen Schwung. Wir sahen einander wieder an, und wir verbrachten mehr Zeit miteinander.

Ich weiß noch, dass ich Eirin dazu gratulierte, dass sie jetzt einen eigenen See hätte, in dem sie forschen könnte. Ich für mein Teil machte mich sofort daran, den kleinen Alkoven zu bauen.

Ich werde niemals den allerersten Abend vergessen, an dem wir hier übernachteten, im eigenen Haus. Wir teilten eine Flasche Champagner, was an sich nicht so bemerkenswert war, aber es war eine Magnumflasche.

Wir sprachen darüber, was zehn Jahre zuvor geschehen war. Was haben wir gelacht!

Als ob die Nornen ihre Schicksalsfäden gesponnen hätten, weshalb dieses Haus nun uns gehörte. Vergangenheit, Gegenwart und Zukunft waren zu einer höheren Einheit verschmolzen.

Alles war so seltsam, und alles war so schön. Wir hatten seit vielen Monaten nicht mehr zusammen gelacht.

Christian hat nie eine Erklärung dafür verlangt, dass wir die Hütte Märchenhaus nannten. Sie hieß einfach immer so, vom ersten Tag an, und als er größer wurde und vieles hinterfragte, nahm er es als gegeben hin, dass der Name immer schon zu dem Haus gehört hatte. Aber auf dem Grundbrief steht ein ganz anderer. Dort steht »Glitrevik«.

Christian wird diesen Grundbrief erben, wenn Eirin und ich nicht mehr da sind. Dann wird er sich sicher fragen, warum wir die Hütte immer Märchenhaus genannt haben. Na ja, wenn ich beschließe, diesen Bericht hier zu lassen, nach diesem Besuch, vielleicht meinem letzten, wird er die Antwort ja darin finden.

*

Inzwischen ist es draußen ganz dunkel geworden. Ich sitze vor dem Fenster nach Westen, kann aber die Umrisse des Sees nicht mehr erkennen. Es scheint kein Mond, und ich sehe eigentlich überhaupt keine Konturen. Aber dort, wo ich nach einem ganzen Menschenalter weiß, dass in der Fensterscheibe der See sein müsste, ahne ich ein kleines Gewimmel von leuchtenden Pünktchen.

Man könnte glauben, dass diese winzigen Punkte im Fensterglas sitzen, oder dass es sich um Reflexe der Kerze handelte, die vor mir auf dem Tisch steht, aber es sind die Sterne am Himmel, die sich in der Wasseroberfläche spiegeln, und zum ersten Mal kommt mir der Gedanke, dass der dunkle See vielleicht deshalb Glitretjern heißt, weil er nachts glitzert, wie ein aus einer anderen Wirklichkeit streuendes Meeresleuchten, und nicht, weil das Wasser tagsüber im Sonnenlicht funkelt.

Ich bin aufgestanden und habe mit schweren Schritten ein paar Runden durch das Wohnzimmer gedreht, und habe auch in den Alkoven geschaut, den ich in unserem ersten Feriensommer hier ganz hinten an das Wohnzimmer angebaut habe. Christian schlief auf dem Dachboden, und Eirin und ich hatten diese kleine Nische für uns.

Ich bin lange vor dem Bücherregal stehen geblieben und habe mir die vielen Bücher angesehen, die wir im Laufe der Jahre hier gesammelt haben. Sie sind wie die Jahresringe in einem gefällten Baum, denn ihr Zustrom hat sich über mehrere Jahrzehnte gleichmäßig verteilt.

So, wie die Wachstumsringe in einem Baumstamm zwei Schattierungen haben, lassen sich die meisten Bücher auf dem Regal in zwei Kategorien einteilen.

Das eine sind meine Bücher über Astrophysik. Eins davon habe ich vor zwei Jahren zum Geburtstag bekommen. Ich fand es keine geringe Leistung, dass Eirin es aufgetrieben hatte, denn es war gerade erst herausgekommen, aber sie hatte in einer wissenschaftlichen Zeitschrift zufällig eine Rezension gelesen und es dann online bestellt. Es stammt von dem englischen Physiker Paul Davies und heißt *Der kosmische Volltreffer: Warum wir hier sind und das Universum für uns geschaffen ist.* Ich habe das Buch in der Originalausgabe gelesen und konnte mich tagelang nicht davon losreißen. Jetzt schlage ich es auf und lese auf dem Vorsatzblatt eine handgeschriebene Widmung: »Für den Kosmologen in dir, von Eirin.« … Ich bleibe eine Weile stehen und blättere in Stephen Hawkings *Das Universum in der Nussschale* mit seinen vielen bunten Illustrationen. Ich ziehe das Buch aus dem Regal und lege es auf den Esstisch, erst dann kann ich darin blättern. Insgesamt stehen fünfzehn Bücher dieser Art im Regal, ich habe sie gezählt.

Die andere Kategorie besteht aus Eirins Büchern über alle möglichen Themen, von Vögeln über Insekten, Pilze, Beeren, Blumen und Bäume bis zu Algen, Egeln und Wasserflöhen, es sind insgesamt achtzehn Titel.

Neben ihren und meinen Büchern, den Wachstumsringen im Stamm, gibt es noch eine gewisse Anzahl zufälliger Romane, zwei Biografien und einige Jahresrückblicke. Zusammengewürfelt, denke ich. Diese Bücher sagen nichts über uns aus.

Die meiste Zeit widme ich den alten Hüttenbüchern, drei an der Zahl. Ich lege sie vor mir auf den Tisch.

Hier haben drei Generationen geschrieben, gezeichnet und gemalt. Einige wenige Bilder haben wir zusätzlich eingeklebt, aber nur in die beiden älteren, aus der Zeit vor den Digitalkameras, als man noch nicht aufgehört hatte, Papierabzüge zu machen.

Ich lese einen Gruß von Sarah. Der Eintrag ist datiert vom 22. März 2008.

Gestern Abend spät standen Opa und ich draußen im Mondschein und sprachen über den Weltraum. Es war Vollmond. Und außerdem Karfreitag. Heute ist Karsamstag, und wir müssen bald nachsehen, ob der Osterhase schon da war. Ich weiß natürlich, dass das mit dem Osterhasen bloß eine Erfindung der Erwachsenen ist. Deshalb ist es auch nicht so besonders geheimnisvoll. Es macht nur großen Spaß, ein Osterei zu finden. Die Welt dagegen ist geheimnisvoll. Opa erzählt, der Weltraum hat mit einem kleinen Ei angefangen, das explodiert ist. Und niemand weiß, wer dieses Ei gelegt hat, niemand. Ein Osterhase war das jedenfalls nicht. Im Weltraum gibt es überhaupt keine Osterhasen. Und sowieso legen Hasen keine Eier.

Ich bleibe über den Tisch gebeugt sitzen, lächele und bin gerührt. Die süße, wissbegierige Sarah, denke ich. »Im Weltraum gibt es überhaupt keine Osterhasen.« Ich merke, wie sich mein Blick trübt, als ob ich unter Wasser sähe.

Und ich blättere im ersten Hüttenbuch zurück. Ich beginne mit der allerersten Seite. Die Eintragung ist vom 10. Oktober 1982 datiert und stammt von Eirin.

Liebes Hüttenbuch!
Wir haben das Märchenhaus gekauft! Jetzt gehört es
uns. Wir haben es am 10. August übernommen und
konnten es noch schnell beziehen, ehe Christian einge-
schult wurde. Albert hat im Wohnzimmer einen Alko-
ven gebaut. Wir besitzen das Haus seit genau zwei Mo-
naten, Christian ist schon seit Wochen ein Schulkind,
und jetzt haben wir in den Herbstferien einige schöne
Tage hier verbracht. Der Wald ist um diese Jahreszeit
so herrlich frisch – und so reif! –, mit allen Farben, Ge-
schmäckern und Gerüchen der Saison. Pilze, Beeren,
Heidekraut … Wir finden es wunderbar. Und es gibt
wirklich Multebeeren hier oben. Wir waren in diesem
Jahr zu spät dran, um noch etwas davon zu haben, ob-
wohl es bisher noch keinen Nachtfrost gegeben hat. Die
meisten Beeren sind offenbar den Drosseln zum Opfer
gefallen, nur einige wenige überreife Früchte sind noch
übrig, aber nichts lässt darauf schließen, dass Menschen
zum Pflücken hier gewesen sind. Jetzt wissen wir, wo
wir nächstes Jahr Multebeeren finden! Dann müssen
wir Körbe und Eimer mitnehmen und gegen Ende
August für ein oder zwei Wochenenden herkommen …

Ich bleibe auf dem Stuhl sitzen und lese den ganzen ersten Eintrag, den Eirin an einem Oktobertag des Jahres 1982 ins Hüttenbuch geschrieben hat, der ausführliche Bericht füllt nicht weniger als vier Seiten. Ich schreibe hier nicht mehr ab, aber einige Sätze stechen heraus: *Der erste Teil dieses Sommerhalbjahres war nicht ganz einfach für Albert und mich. Deshalb war es auch nicht ganz einfach für uns alle drei als Familie. Aber jetzt führen wir einander zu neuen Gipfeln und blicken nach vorn …*

Ich hatte total vergessen, dass Eirin diese Sätze ins Hüttenbuch geschrieben hatte. Nicht ganz einfach?

Woran genau hat sie gedacht, als sie das schrieb? Ich habe sie wohl nie gefragt, was sie damit gemeint hat. Ich habe nie gewagt, sie zu fragen, was sie gemeint hat.

Mir geht auf, wie wenig wir in diesen zwei Monaten, während des Ausnahmezustandes, voneinander wussten, und ich merke jetzt, fast siebenundzwanzig Jahre später, wie sehr mich das noch immer beunruhigt. Aber wir hatten vielleicht beide den Wunsch, unsere Nase nicht zu sehr in die Angelegenheiten des anderen zu stecken.

Na ja, beide? Es wäre wohl korrekter, wenn ich schriebe, dass ich meine Gründe dafür hatte, diese Wochen nicht mehr aufzuwühlen, als sie endlich vorüber waren. Und vielleicht hatte sie ihre?

Hier und jetzt muss ich um Entschuldigung dafür bitten, dass ich mich an dem neuen Hüttenbuch vergreife, dem vierten in der Serie.

Erst nachdem ich eingeheizt hatte, fiel mir ein, dass ich vergessen hatte, Schreibpapier mitzunehmen, und ich war doch vor allem zum Schreiben ins Märchenhaus gekommen.

Wir hatten hier ja nie Strom, nicht einmal eine kleine Solarzellenanlage. Die hätten wir uns sicher anschaffen können, eine Solarzellenanlage war nichts, auf das wir unbedingt verzichten wollten, aus einer Art von Puritanismus, meine ich, aber weder Eirin noch ich haben je Schreibmaschine oder Laptop hier heraufgebracht, und das nicht nur, weil es hier keinen Strom gibt, sondern weil hier wohl mehr oder weniger eine Art Schreibverbot herrschte.

Wenn wir im Märchenhaus sind, sind wir in der Natur und haben uns für eine gewisse Frist aus der Kultur, der Zeitlichkeit, abgemeldet.

Nur dieses eine Mal bin ich hergekommen, um mich zu isolieren und zu schreiben, an euch, an euch alle vier, aber zugleich schreibe ich an mich selbst.

Auch wenn ich einen Laptop mit vollem Akku dabei hätte, würde der mir nicht viel nützen. Ich kann ja nur noch mit einer Hand arbeiten.

Erst vor wenigen Stunden habe ich die abschließende Erklärung dafür erhalten, warum meine linke Hand nicht mehr funktioniert. Und mehr noch: Ich habe erfahren, warum ich diese Schreibarbeit nicht aufschieben darf. Es könnte sich nur noch um Wochen handeln, bis die rechte Hand ebenso schlaff und schwächlich ist wie die linke.

Ich denke wieder an Marianne, an all das, was sie zu mir gesagt hat, all das, was sie mit größter Leichtigkeit in Worte gekleidet hat. Ich fand, sie hat die Befugnisse einer Hausärztin bei weitem überschritten. Sie schien in die Rolle des Seelsorgers oder der Ehepartnerin zu schlüpfen. Sie streichelte meine Hände, nicht nur die kranke Hand, sondern auch die gesunde. Innerhalb weniger Sekunden hat sie es fertiggebracht, in meinem Gehirn alles auf den Kopf zu stellen. Es kam mir vor wie eine Art Lobotomie.

Das ist etwas, in das ich eindringen und das ich verstehen muss. Und es ist etwas, wofür ich mich entscheiden muss. Ich muss einen schweren Entschluss fassen, aber es soll ein wohldurchdachter Entschluss sein, er darf nicht impulsiv erfolgen. Der Beschluss, den ich fassen werde, wird in jedem Falle belastend sein, egal, ob ich den einen oder den anderen Ausgang wähle.

Um es kurz zu machen: Ich muss mich entscheiden, ob ich morgen Abend noch am Leben bin oder nicht. Wenn in den Stunden, die jetzt vor mir liegen, alles ein Ende findet, dann muss dieses Schriftstück hier als letzter Gruß betrachtet werden. Ich werde deshalb sorgfältig alles einbeziehen, was mir am Herzen liegt, all die Dinge, von denen ich Abschied nehme, und vor allem auch einen kleinen, aber bitteren Kern, den ich dringend bekennen und für den ich mich verantworten möchte, insbesondere Eirin gegenüber.

Ja, Eirin. Es gibt etwas, das ich dir nicht erzählt habe …

Vor allem ist es wichtig für mich, euch auf meinem Gedankengang mitzunehmen. Nur so könnt ihr mich bei dem Versuch begleiten, zu begreifen, warum ich am Ende den Entschluss fasse, den ich fassen werde.

Das Hüttenbuch lag wie immer auf dem Esstisch. Die letzten Besucher im Herbst waren June und Sarah, und nur sie haben bisher in diesen nagelneuen Band geschrieben. Ihr habt einige Septembertage hier verbracht, nur ihr zwei, während Christian in Oslo am Entwurf eines Hauses saß, der einfach fertig werden musste.

Sarah hat zwei wogende Schwäne auf dem Glitretjern gezeichnet. Ich hatte einen Kloß im Hals, als ich dieses schöne Bild sah, und es kam mir besonders bitter vor, den Rest dieses Hüttenbuches beschlagnahmen zu müssen. Aber ich brauchte einfach etwas, worauf ich schreiben konnte. Und da sich so viele meiner Gedanken auf euch beziehen, kommt es mir vor, als ob vieles von dem, was ich schreibe, vielleicht genau hierhin gehört. In diesen Hüttenbüchern ist schon bisher viel Gutes und Schmerzliches festgehalten worden.

Zwei Schwäne auf einem Waldsee können fast als Symbol für etwas Ewiges oder ewig Junges stehen, und Sarahs Zeichnung erinnert mich an eine herbstliche Ruderpartie, die Eirin und ich hier vor vielen Jahren gemacht haben, das war, ehe Sarah auf die Welt gekommen ist, und ich glaube sogar, bevor Christian und June einander kannten.

*

Eirin rudert. Mitten auf dem See lässt sie langsam die Ruder ins Boot sinken, holt tief Atem und schaut sich um zu
den Laubbäumen, die den Glitretjern jetzt mit flammen-
den Farben umkränzen: vor allem Birke, aber auch Espe,
Weide, Traubenkirsche und Eberesche. Sie scheint die
Umgebung in sich aufzusaugen, und nicht nur die äußere
Umgebung, sondern auch die Zeit, *diese* Sekunden, *diesen* Augenblick.

Ich muss daran denken, wie wir vor Urzeiten zum allerersten Mal über den See gerudert sind. Auch damals
wurde Eirin plötzlich ernst.

War das Schwermut?

Es war eine Seite an ihr, die ich noch nicht oft gesehen
hatte.

Jetzt ruft sie fast keuchend: »Das ist die Ewigkeit, Albert!«

Sie senkt ihren Blick in meinen, und sagt: »Eine andere Ewigkeit gibt es nicht!«

Dann fängt sie an zu schluchzen, ein wehes Schluchzen ist das. Ich beuge mich über sie, versuche, sie in den
Arm zu nehmen, aber dabei stoße ich fast das Boot um
und muss mich wieder auf die Ruderbank zurücksinken
lassen.

Ich nehme die Ruder und steuere das Land an.

Als wir das Boot vertäuen, weint sie nicht mehr, und
ich darf sie auch nicht danach fragen, was plötzlich ge-

schehen ist, das merke ich daran, wie sie selbst versucht, den Zwischenfall zu überspielen.

Als wir zur Hütte hochgehen, zeigt sie auf den See und sagt in einem fast munteren, wenn auch aufgesetzt munteren Tonfall, dass dieser See mit all seinen Buchten und Landspitzen eine ganze Unendlichkeit einschließt. Denn wie groß ist sein Umfang, gemessen in Metern oder Kilometern? Oder Meilen?

»Es kommt ganz darauf an, wie man misst«, erklärt Eirin, »oder wie genau man misst, wie feinjustiert die Messgeräte sind.«

Soll man jede einzelne Bucht und jeden noch so kleinen Stein am Ufer umrunden, soll man sogar in jede enge Furche im Stein eindringen? Und warum sollte man das nicht?

Selbst in jedem einzelnen mikroskopisch kleinen Riss in einem Stein oder in den Resten eines alten Zweiges oder Baumstammes wimmelt es von lebenden Organismen.

Sie überlegt. Dann fügt sie hinzu, gleichsam entschieden: »Auch wenn dieser See die ganze Welt wäre, alles, was es gibt, wäre es für mich genug, wenn ich nur immer hier *sein* dürfte.«

Sie sieht mich an, mit geweiteten Augen. Wird sie wieder weinen?

Hat sie Angst?

Ich erlebe eine Seite an ihr, die ich nicht verstehe. Aber ich kenne sie so gut, dass ich lieber keine Fragen stelle.

Ich spreche weiter über den See, jetzt bin ich an der Reihe, alles zu überspielen, und sie hindert mich nicht daran.

Ich sage so ungefähr, dass der Glitretjern eigentlich nicht kleiner sein könnte, als er ist, denn dann wäre er kein richtiger See mehr, sondern nur ein Tümpel oder eine Lache. Und viel größer könnte er auch nicht sein. Dann wäre er nicht unser See, sondern ein richtiger kleiner Binnensee mit vielen Hütten am Ufer und außerdem ein beliebtes Ausflugsziel für Angler und Badegäste.

Am Ende einigen wir uns darauf, dass der Glitretjern genau richtig ist. Hier gibt es nur eine Hütte, ein Ruderboot und eine kleine Familie, und man kann weder mit dem Fahrrad noch mit dem Auto herkommen. Wanderer können natürlich auf den Wegen in der Umgebung herumstreifen, wir waren ja selbst solche Wanderer, und im Winter können gelegentlich Leute auf Skiern über den See laufen.

Während ich das schreibe, fällt mir ein, wie wir einmal auf einer lauten Party in einer großen Villa auf Bygdøy saßen. Wir sind von Menschen umgeben, mit denen wir normalerweise nichts zu tun haben, aus dem oberen Bürgertum, könnte man fast sagen, Personen, zu denen wir keinen Kontakt mehr haben.

Gläser klirren, und ich bin wohl ein bisschen beschwipst, das behauptet jedenfalls Eirin am Tag darauf, und obwohl ich weder Reeder noch Immobilienmakler bin, sondern nur ein kleiner Studienrat, habe ich ein gewisses Bedürfnis, darauf hinzuweisen, dass auch wir etwas Großartiges besitzen.

Wir sitzen weit zurückgelehnt auf einem eleganten Sofa, ich glaube, es war senfgelb, und ich lege einen Arm um Eirins Schultern und erwähne dabei, dass wir ein Waldgrundstück mit einem fischreichen See besitzen.

Und es stimmt ja auch: Im See gibt es, wie ihr alle wisst, Barsche und Forellen, aber zu behaupten, wir besäßen einen »fischreichen See«, war doch ein bisschen übertrieben.

Außerdem gehörte uns der Glitretjern ja gar nicht. Aber uns gehörte ein Ruderboot. Das war im Kaufpreis inbegriffen gewesen.

Und, so Eirins Kommentar auf der Fahrt nach Hause im Taxi, kaum einer der Gäste auf diesem Fest hätte das Märchenhaus wohl als »Waldgrundstück« bezeichnet.

Warum hatte ich nicht einfach gesagt, wir hätten ein eigenes kleines Märchenhaus an einem See tief im Wald?

Wäre das nicht viel schöner gewesen als ein »Waldgrundstück«?

Eirin hatte natürlich recht. Und deshalb muss ich jetzt auf das Märchen von Goldhaar zurückkommen.

Oder nein, unter diesen Umständen fühle ich mich gezwungen, *hinter* dieses uns allen bekannte Märchen zu kommen. Ich meine, hinter die Fassade.

Auch Märchen können hübsche Fassaden haben, die

einen dunkleren Hintergrund und manchmal auch einen möglichen Abgrund tarnen.

*

Christian und Sarah sind mit meinen Geschichten von Goldhaar und den drei Bären aufgewachsen. Ich schreibe »Geschichten«, denn ich wage zu behaupten, dass ich keine zwei Mal genau das gleiche Märchen erzählt habe. Ich habe immer neue Details hinzugefügt, und ich habe die Geschichte dabei in alle möglichen Richtungen ausgebaut.

Aber das wisst ihr ja.

Deshalb bittet Sarah: »Kannst du von Goldhaar erzählen, Opa?« Oder: »Erzähl doch mal von Goldhaar, Opa.«

Sie weiß, wenn ich ja sage, wird sie eine Geschichte hören, die zumindest ein paar neue Elemente enthält, und die Spannung liegt darin, was genau heute neu und anders ist. Und wenn sie etwas hört, was sie vorher noch nie gehört hat, dann lebt sie auf.

Sarah schaut zu mir hoch und lächelt, wie nur sie lächeln kann, irgendwie gnädig oder nachsichtig, etwas an diesem Lächeln hat sie von Eirin geerbt.

Welche Gestalt das Märchen jeweils annimmt, hängt nicht nur damit zusammen, in welcher Stimmung ich gerade bin und was mich an dem aktuellen Tag beschäftigt, im Guten wie im Bösen, muss ich wohl hinzufügen, in unserem Leben läuft es nicht immer so glatt wie in einer Gutenachtgeschichte.

Und jetzt werde ich wie gesagt *hinter* das Märchen treten.

Der Kern dieses Märchens, wie es heute gern erzählt wird, ich meine, ohne meine Ausschmückungen, besagt, dass die drei Bären in einem kleinen Haus im tiefen Wald wohnen. Es sind Mamabär, Papabär und ein kleiner Babybär. Mamabär hat zum Frühstück Brei gekocht, und während die drei einen Spaziergang durch den Wald machen, um darauf zu warten, dass der Brei so weit abkühlt, dass sie ihn essen können, kommt ein kleines Mädchen, genannt Goldhaar, zu dem Haus, denn auch sie geht spazieren und ist weit weg von ihrem eigenen Zuhause. Da die Tür zu dem Häuschen im Wald nur angelehnt ist, schlüpft Goldhaar hinein – und wie es weitergeht, wissen wir ja. Goldhaar verzehrt Babybärs Brei, weil dessen Temperatur *genau richtig* ist, sie setzt sich auf Babybärs Stuhl, weil der *genau richtig* zum Sitzen ist – obwohl sie ihn dabei ja entzweibricht! –, und sie legt sich in Babybärs Bett und schläft ein, weil es weder zu hart noch zu weich ist, sondern *genau richtig*. (Während ich das schreibe, geht mir erst auf, wie anspruchsvoll Goldhaar ist!) Und dann, also zum Schluss, wacht Goldhaar auf und erschrickt, weil sich drei Bären über sie beugen. Sie springt aus dem Bett, läuft die Treppe ins Erdgeschoss hinunter und rennt so schnell sie nur kann weg aus dem Haus in den Wald …

Na gut. Aber das ist nicht die ursprüngliche Geschichte. Dahinter liegt eine andere Geschichte, deren Kehrseite, könnte man fast sagen, und die ist nicht so sanft wie das Märchen, das wir alle so gut kennen und das der ganzen Familie in Fleisch und Blut übergegangen ist.

Die ursprüngliche Erzählung hat die gleiche Struktur. Aber sie hat einen dunkleren Unterton. Zudem treten andere Personen darin auf.

Während meines Anglistikstudiums habe ich mich genauer über diesen Stoff informiert. Ich wollte wissen, woher die beliebte Geschichte von Goldhaar, oder *Goldilocks*, stammt. Sie wird in zahllosen Varianten überliefert.

»The Story of the Three Bears« wurde erstmals 1837 gedruckt, aufgeschrieben hat sie der Dichter Robert Southey.

Hier sind die Bären kein kuscheliger Mamabär, Papabär und Babybär, sondern einfach drei »Bären«, drei mehr oder weniger grobe Mannsbilder oder Junggesellen, die in einer Hütte im Wald hausen.

Während sie unterwegs sind und darauf warten, dass der gekochte Frühstücksbrei abkühlt, kommt eine zerlumpte alte Frau zu dem Haus. Dass sie kein gütiges altes Mütterchen ist, wird vom ersten Moment an klar, denn sofort späht sie durchs Fenster und durchs Schlüsselloch, um nachzusehen, ob jemand zu Hause ist, und als sie niemanden entdecken kann, öffnet sie einfach die Tür und geht hinein.

Die alte Vettel isst den Brei des kleinsten Bären, sie zerbricht seinen Stuhl und legt sich am Ende zum Schlafen in sein Bett.

Als die drei Bären aus dem Wald nach Hause kommen, entdeckt der kleinste Bär den schmutzigen Kopf der alten Hexe auf seinem Kopfkissen. Und er ruft: »Jemand hat in meinem Bett gelegen, und da liegt sie noch!«

Daraufhin springt die Alte aus dem Bett und stürzt sich aus dem offenen Fenster. Vielleicht hat sie sich dabei das Genick gebrochen. In der Geschichte wird diese Möglichkeit erwähnt. Oder vielleicht ist sie in den Wald gerannt und dort verschwunden.

Sie könnte in einem dunklen See ertrunken sein …

Auch diese erste gedruckte Version der Geschichte von den drei Bären hat eine Vorgeschichte. Sie geht auf ein Märchen zurück, in dem eine Füchsin, auf Englisch *vixen*, bei den drei Bären eindringt. Das Wort *vixen* benutzt man allerdings auch für eine *Hexe*.

Viele meinen, Southey habe schon als Kind die mündlich überlieferte Erzählung von der Füchsin gehört, die bei den drei Bären einbricht, und habe sich dann vorgestellt, das Märchen handele von einer Hexe …

Und während ich hier am Fenster sitze und in die Nacht hinausstarre, mit zwei brennenden Kerzen vor mir auf dem Tisch, stelle ich mir vor, dass sich die grausige Hexe genau durch dieses Fenster gestürzt hat, und dass sie vielleicht in dem schwarzen See ertrunken ist.

Ich will gern zugeben, dass meine Vorstellung mich an diesem Punkt selbst überrascht, denn im Märchen stürzt sich die Hexe aus dem Schlafzimmerfenster im ersten Stock, und auch unser Schlafzimmer liegt im ersten Stock, aber wir haben dort ja kein Fenster, nur die kleine Luke unter dem Giebel auf der Südseite. Aber wie dem auch sei: Es gibt gerade jetzt so viele andere Gründe, aus denen ich mir vorstelle, dass die böse Hexe genau in unserem Hexenhaus bei den drei Bären eingedrungen ist.

Ich spüre, wie der See mich anzieht, ein schwerer Sog. Als ob die Hexe mich hinter sich herzöge ...

Seit Eirin und ich damals vor fast vierzig Jahren hier oben waren, steht mein Leben in einer gewissen Verbindung mit dem Märchen von Goldhaar und den drei Bären. Bisher habe ich die hässliche Variante dieses Märchens ganz bewusst für mich behalten. Aber ich wusste, dass sie eines Tages, an einem ganz bestimmten Tag, ebenfalls an die Oberfläche kommen würde.

So ist es, ein Mensch zu sein: Es war einmal ... und es kommt die Nacht!

Und jetzt geht es um die Nacht.

*

Denn ich komme von Marianne, das wollte ich erzählen. Sie hat mich in den Wald gejagt.

Wenige Tage nachdem Eirin nach Melbourne geflogen

war, rief Marianne mich an. Ich bin bei der Arbeit, habe aber eine Freistunde und trinke zusammen mit zwei Kollegen im Lehrerzimmer Kaffee; wir reden über das heftige Erdbeben, das in diesem Monat Italien heimgesucht hat, mit Hunderten von Toten und über hunderttausend Obdachlosen. Einer der Kollegen hat einmal einige Monate in L'Aquila verbracht, der vom Erdbeben am härtesten getroffenen Stadt.

»Albert?«

»Hallo?«

»Hier ist Marianne …«

»Ja, das höre ich.«

»Kannst du jetzt reden?«

»Reden?«

»Ich würde dich gern sehen. Kannst du heute irgendwann bei mir vorbeikommen?«

»Aber warum?«

»Darüber möchte ich ja mit dir reden. In der Praxis.«

»Ich habe noch zwei Stunden Unterricht.«

»Kannst du es vor vier schaffen?«

»Du willst mir nicht sagen, worum es geht?«

»Doch, Albert, das will ich. Aber hier bei mir, in der Praxis.«

Ich denke zurück an Marianne, meine Jugendliebe, innerhalb weniger Sekunden erlebe ich unsere Nähe von damals noch einmal.

Dann gab es viele Jahre später noch ein Zwischenspiel,

und das ist keine gute Erinnerung. Eirin weiß nichts davon, aber jetzt der Moment gekommen, es ist vielleicht die letzte Möglichkeit.

Ich habe nur noch wenig Zeit. Plötzlich geht es um Leben und Tod, und die Sterne belügt man nicht. Ich habe nicht vor, von diesem Planeten zu gehen und eine große Lüge zu hinterlassen.

Deshalb schreibe ich auch das ins Hüttenbuch. Ich will mich keiner Zensur mehr unterwerfen. Aber ich kann nicht garantieren, dass ich das Hüttenbuch hierlasse, wenn ich aufbreche und aus dem Märchenhaus weggehe, sei es nun morgen oder noch heute Nacht. Beim Schreiben habe ich schon das eine oder andere Mal einen Blick zum Jotulofen hinübergeworfen …

Marianne und ich sind uns zufällig bei Slottsbakken begegnet, nachdem wir uns fast zehn Jahre lang nicht gesehen hatten. Es war im Mai des Jahres, in dem Eirin und ich das Märchenhaus kauften, und also zu der Zeit, in der unsere Beziehung ins Stocken geraten war.

Ich hatte den Eindruck, dass Eirin sich damals für kaum etwas anderes als ihre eigene Vortrefflichkeit im Labor und in ihrer fachlichen Umgebung interessierte. Das wenige an Energie, das ihre Forscherinnenkarriere ihr übrig ließ, galt Christian, ihn vernachlässigte sie nie.

Meine Stimmung hob sich deshalb, als ich eines Nachmittags bei Slottsbakken plötzlich Marianne sah, sie kam mir entgegen, so frisch, so munter und so warm! Vor allem schenkte sie mir Aufmerksamkeit, sie schaute mir in die Augen, während wir miteinander sprachen.

Warum hatte ich sie eigentlich verlassen?

Wir trinken im Wintergarten des Bristol ein Glas Weißwein, und dann noch eins, ehe ich mit glühenden Wangen mit ihr in ihre Wohnung in Homansbyen gehe. Sie hat mich zu einem weiteren Glas Wein eingeladen. An diesem Abend muss ich Christian nicht ins Bett bringen.

Und wir fangen da wieder an, wo wir zehn Jahre zuvor aufgehört haben, ehe ich Eirin vor dem Kaffeeautomaten im Sophus-Bugges-Haus kennenlernte.

Dieses neue Verhältnis mit Marianne dauert einige Wochen an, bis ich fast in Scham und Reue ertrinke, und vielleicht ebenso sehr in der Angst, Christian und Eirin zu verlieren.

Als wir das Märchenhaus kauften, fast hätte ich geschrieben, als wir es »zurückbekamen«, fehlte mir der Mut, Eirin zu gestehen, was noch vor kurzer Zeit passiert war. Ich hatte Angst, das einzureißen, was wir gerade erst wieder aufbauten. Und ich fragte Eirin auch nicht danach, wo sie in den vergangenen Monaten gewesen oder wem sie bei den verschiedenen Hotelkonferenzen begegnet war. Ich wollte ganz neu anfangen. Ich hatte so schreckliche Sehnsucht nach Eirin. Sie fehlte mir.

Heute schäme ich mich, weil ich nicht schon vor langer Zeit reinen Tisch gemacht habe. Denn es stimmt nicht ganz, wenn Eirin behauptet, ich könne nicht lügen.

Aber zurück zu Marianne. Was will sie jetzt von mir?

Ich denke natürlich auch an die neurologischen Untersuchungen, es war etwas, das »Elektromyographie« genannt wurde, ich glaube, ich habe Eirin gegenüber auf der Fahrt zum Flughafen dieses komplizierte Wort erwähnt, ohne zu diesem Zeitpunkt auch nur die geringste Ahnung davon zu haben, was es bedeutete und was dabei passieren würde. Ich war ans Rikshospital überwiesen worden, nachdem ich neben der kraftlosen linken Hand auch noch von einem leichten Zittern im Oberarm geplagt wurde.

Die Untersuchung war übrigens ziemlich schmerzhaft, und die Neurologin, die sie durchführte, sagte schon, sie könne einige charakteristische Schäden an den motorischen Nervenfasern erkennen, aber ich fragte nicht, welche diagnostischen Schlüsse sie daraus ziehen könnte, und sie betonte dann auch eilig, alles Weitere würde ich von meiner Hausärztin erfahren.

Und dennoch: Als Marianne während der Arbeitszeit bei mir anruft, denke ich nicht an das Schlimmste, nein, wirklich nicht. Ich hatte noch nie die Angewohnheit, die schlimmste vorstellbare Erklärung für meine Symptome zu googeln, einige hatte ich ja bereits, zum Beispiel damals bei der Gürtelrose, oder als ich auf einem Auge fast nichts sehen konnte und am grauen Star operiert werden musste.

Vielleicht greift hier ein Verdrängungsmechanismus, jedenfalls ärgere ich mich, dass Marianne mich so einfach in ihre Praxis zitiert und dass sie sich dermaßen stur stellt und nicht sagen will, weshalb. Früher einmal gingen wir durch dick und dünn, fast kindlich vertraut waren wir miteinander in unseren späten Teenagerjahren.

Meine Gedanken irren abermals zurück in die ferne Vergangenheit. Worauf will sie eigentlich hinaus? Jetzt muss sie doch endlich einen Schlussstrich unter uns beide ziehen.

Marianne ist seit etlichen Jahren meine und Eirins Hausärztin, seit acht Jahren, um genau zu sein. Nachdem wir in den Stadtteil gezogen waren, in dem Marianne seit vielen Jahren ihre Praxis in einem Ärztezentrum hat, hielten wir es für eine gute Idee, dass uns Marianne als Hausärztin zugeteilt würde, sie genoss einen überaus guten Ruf, und Eirin fand es seltsamerweise nicht weiter störend, dass Marianne und ich einmal ein Paar waren. »Pah«, schnaubte sie. »Jugendlieben!«

Aber die Rechnung ging nicht richtig auf. Denn vor einigen Jahrzehnten waren Marianne und ich einander wieder nähergekommen …

Ich reiße mich zusammen, rüttele gewissermaßen meinen Wirklichkeitssinn wach und versuche, die Sache anders zu sehen: Der scharfe Tonfall liegt vielleicht an Mariannes Rolle als Ärztin. Sie will mich als Patienten auf der Matte stehen haben, und nicht, um in der Erinnerung an jugendliche Umarmungen zu schwelgen.

Ärzte können irritierend eigenmächtig und selbstgerecht sein, fast wie kleine Könige, wie in Gestalt von

Rektoren oder Beamten, die in ihrem Büro hinter einem gewaltigen Schreibtisch sitzen, mit Bergen von Korrespondenzen, Anweisungen, Überweisungen und Vollmachten.

Ich denke, es könnte vielleicht an der Zeit sein, uns einen neuen Hausarzt zuteilen zu lassen. Und mir fällt ein, dass es auch wegen eines möglichen Interessenkonflikts angebracht wäre, selbst wenn es fast dreißig Jahre her ist, dass ich eine andere Rolle gespielt habe als die des Patienten.

Aber nach der letzten Unterrichtsstunde, einer typischen Vortragsstunde – ich habe fünfundzwanzig Achtzehnjährigen von der Französischen Revolution erzählt, und nicht zuletzt von Marie Olympe de Gouges, die von Robespierre auf die Guillotine geschickt wurde, da sie für Frauen dieselben Bürgerrechte verlangte wie für Männer – fahre ich dann doch zum Ärztezentrum.

Ich will diese unangenehme Szene so schnell wie möglich hinter mich bringen. Ich werde Marianne meine Meinung sagen und mir dann einen anderen Hausarzt suchen, es ist ein gutes Gefühl, das beschlossen zu haben, ehe ich ihr gegenübertrete. Sie wird sicher weitere Untersuchungen in die Wege leiten, aber das soll dann auch das Letzte sein, was sie für mich tut.

Es ist fast rührend, wie sie sich um meine wehe linke Hand gekümmert hat, um nicht zu sagen, verwirrend. Diese einseitige Schwäche, die mich den ganzen Winter geplagt hat, wird vermutlich von selbst vergehen, und sollte ich die ersten Symptome von Parkinson haben, kann ich sicher auch damit leben.

Ich melde mich um genau eine Minute vor vier an der Rezeption und sage, ich hätte zwar keinen Termin, aber Marianne wolle mich »in der Praxis sehen«.

Ich bin einbestellt worden, sage ich scherzhaft, oder herbeizitiert, füge ich munter hinzu. Ich finde die junge Dame, mit der ich spreche, hübsch und entgegenkommend.

Aber während ich das sage, huscht ein Schatten über ihr Gesicht, so jedenfalls kommt es mir vor, sie scheint auf mein Erscheinen vorbereitet zu sein, fragt nicht nach Name oder Geburtsdatum, springt nur aus ihrem komischen Glaskasten und klopft an die Tür von Marianne, die offenbar gerade einen Patienten bei sich hat. Trotzdem schaut sie heraus, freundlich und überschwänglich, wie immer. Sie bittet mich noch um ein paar Minuten Geduld.

Und ich setze mich auf ein anthrazitgraues Sofa und warte. Es reicht gerade, um rasch eine Zeitung durchzublättern und zwei Minuten die Goldfische im Aquarium anzustarren, dann verlässt der andere Patient die Praxis, und Sekunden später ruft Marianne mich in ihr Sprechzimmer.

Um es kurz zu machen – das Gespräch dauert auch nicht lange –, sie teilt mir die schlimmstmögliche Diagnose mit. Die steifen Finger an meiner linken Hand haben mich zu der Sorge veranlasst, dass die Diagnose auf Parkinson lauten könnte, jedenfalls ist mir dieser Gedanke gekommen. Doch nun kommt die Wahrheit ans Licht: Was ich habe, ist nicht Parkinson. Es gibt noch eine andere Krankheit, die asymmetrisch auftreten und zu Ungeschicklichkeit und steifen Fingern an einer Hand führen kann. Ich leide an amyotrophischer Lateralsklerose oder ALS.

Und Marianne erklärt und erklärt. Sie hatte mich zur »Elektromyographie« ins Rikshospital geschickt, um diese seltene Diagnose auszuschließen.

»Ich will dir gegenüber ehrlich sein«, sagt sie, »diese Diagnose ist leider definitiv, die Ergebnisse wurden von Fachleuten in zwei verschiedenen Krankenhäusern analysiert, beide Spitzenkräfte auf diesem Gebiet, es ist kein Zweifel möglich.«

Sie belehrt mich über den Unterschied zwischen motorischen und sensorischen Nervenzellen. Die motorischen Nerven senden Signale vom Zentralnervensystem in den Körper und steuern damit Muskeln und Bewegungen. Diese willensgesteuerten Nerven werden in meinem Fall nach und nach zerstört und führen zu Muskelschwund, zur sogenannten Muskelatrophie. Die sensorischen Nerven dagegen, die Signale ins Zentralnervensystem senden, werden von der Krankheit nicht angegriffen. Sinneseindrücke wie Empfindlichkeit der Haut, Sehvermögen, Gehör und Geruchssinn werden davon nicht berührt, vermutlich auch nicht die kognitiven Funktionen, und nicht das autonome Nervensystem, das innere Organe wie Darm- und Blasenfunktion steuert. Nur die *willensgesteuerten* Nerven werden angegriffen. Das Herz kommt ungeschoren davon, denn dessen Schläge sind ja nicht vom Willen gesteuert. Aber wir können den Atem anhalten, zum Beispiel beim Tauchen. Meine Atemfunktion wird schrittweise reduziert werden und ich werde sterben, wenn ich nicht mehr atmen kann.

Und so weiter, und so weiter. Sie sagt etwas wenig Aufmunterndes über die »Prognose«, medikamentöse Behandlung kann den Krankheitsverlauf vielleicht verlangsamen, teilt sie mit, ich glaube jedenfalls, mich zu erinnern, dass sie das gesagt hat. Sie schildert einen möglichen Verlauf, und sie bringt es sogar fertig zu erwähnen, dass meine Potenz nicht unter der Krankheit leiden wird, als ob das eine Rolle spielte, wo ich doch bereits nach einigen Monaten in allen anderen Extremitäten keine Kraft mehr haben werde. Sie gibt mir noch ein bis drei Jahre zu leben, und als ich genauer nachfrage, muss sie gestehen, dass weniger als fünfzig Prozent der Kranken anderthalb Jahre nach der Diagnose noch am Leben sind.

»Aber wir werden in engem Dialog bleiben«, versichert sie. Dann verbreitet sie sich über »palliative Medizin«, man stirbt nicht mehr unter Schmerzen und auch nicht einmal unerträglicher Angst. Das ist doch hervorragend, denke ich, heutzutage können Furcht und Beben medikamentös ausgeschaltet werden. Sie drückt sich nicht genau so aus, aber ich weiß, dass sie das meint …

Ich sitze nur da und starre sie an. Ich komme mir vor wie in einem geschmacklosen Sketch. Wie sie ihre eigene Professionalität genießt! Und sich im Mitgefühl suhlt! Wie sie Mitleid versprüht!

Du dumme Nuss, denke ich. Es ist Jahrzehnte her, dass wir miteinander im Bett waren. Aber noch immer führt sie sich auf, als wäre es gestern gewesen, denn sie wird nicht nur persönlich, sie wird intim: Zweimal, während sie mich tröstet und bedauert, nimmt sie meine Hände und liebkost sie beinahe, ehe ich sie langsam zurückziehe, wobei ich festgestellt habe, dass ich in beiden Händen weiterhin unverändert feinfühlig bin, in der kranken wie in der unversehrten.

Ich bin wütend, aber zugleich merke ich, dass ich eine Erektion habe, eine unsinnige und peinliche Reaktion, überaus ungelegen, aber ich kann mich nicht beherrschen, kriege mein Reptiliengehirn nicht in den Griff, diese Muskeln werden ja nicht vom Willen gelenkt, dafür habe ich Mariannes eigene Worte, sie hat die Sache mit der Potenz zur Sprache gebracht. Ich habe Angst, dass sie meinen Zustand bemerken könnte, denn ich werde sekundenlang auf höchst unpassende Weise mitgerissen, bloßgestellt, und plötzlich scheint sie den Blick zu senken, ehe sie mich wieder aus sanften, aber feuchten und traurigen Augen anschaut.

Und jetzt ist sie reif für das traurige Nachspiel? Vielleicht auf der Bettkante?

»Wir werden in engem Dialog bleiben …« Sic!

Aber ich kann nicht mehr lange hier sitzen, um ihr zuzuhören, mache bei der Show nicht mehr mit, verdammt, das tu ich nicht. Ich finde, sie führt sich widerwärtig auf, und sobald ich dazu wieder imstande bin, ich meine, in aller Schicklichkeit, springe ich einfach von meinem Stuhl auf und stürze zur Tür hinaus, ohne mich noch einmal umzusehen.

Ich fühle mich erniedrigt, mit Füßen getreten. Eins geht mir nämlich auf: Die Lage, in die ich so unversehens geraten bin, hat auch mit Würde zu tun, oder mit dem *Verlust* von Würde. Dieser Verlust muss es sein, auf den ich auf so widersinnige Weise reagiert habe, vielleicht zusammen mit dem undeutlichen Wunsch, Marianne aus dem Gleichgewicht zu bringen, aus der Fassung. Aller Anstand war ja ohnehin schon hinweggefegt.

Ich weiß noch, wie sie gejammert hat, wenn sie gekommen ist. Oder hat sie das nur vorgetäuscht?

Und jetzt? Muss ich mir alles von ihr bieten lassen?

Bin ich nicht autonom? Habe ich nicht eine fundamentale Freiheit? Bin ich etwa nicht in der Lage, mich aus den Registern zu streichen, mich dem gesamten System zu entziehen, meine Mitgliedschaft in der Gesellschaft aufzugeben, inklusive Sozialversorgung und Personenkennziffer?

Doch, denke ich, und genau das müsst ihr jetzt zu verstehen versuchen, liebe Eirin, lieber Christian, liebe June und liebe Sarah. Ich habe die Freiheit zu entscheiden, dass ich alle gesellschaftlichen Bindungen zerreißen und auf eigene Faust einen Weg zurück zur Natur finden werde.

Das geht glücklicherweise nur mich und meine Nächsten etwas an, also euch, uns, die wir das Hüttenbuch zusammen schreiben. Und dann ist es außerdem noch eine Angelegenheit zwischen mir und dem Planeten, den ich bewohne, dem Universum.

Die Botschaft, die ich erhalten habe, gehört nicht in eine unwirtliche Arztpraxis, jedenfalls nicht nur dorthin. Für mich hat diese Botschaft außerdem gewisse universale Dimensionen. Ich orientiere mich ja schon ewige Zeit in diese Richtung, also zu meinem kosmischen Ursprung.

Adieu, denke ich. So long, Marianne. Du bist nicht mehr wichtig. Du hast deine Rolle ausgespielt, und jetzt auch die der Hausärztin.

Es ist fast vierzig Jahre her, dass ich dir zum ersten Mal den BH aufgeknöpft habe, es war nicht ganz einfach, und du hast mir nicht geholfen, aber du hast auch nicht versucht, mich daran zu hindern. In Homansbyen war die Situation eine ganz andere. Da hattest du eine andere Einstellung, oder soll ich sagen, eine andere Lebenseinstellung? Da hast du einfach die Führung übernommen.

Ich werde dich nicht anrufen! Ich rufe dich nie im Leben an! Wir werden niemals in einem »engen Dialog« über irgendetwas bleiben.

Und sie ließ mich gehen. Das muss ich ihr immerhin lassen. Sie ließ mich gehen.

Dies war das dritte Mal, dass ich Marianne verlassen habe.

Ich laufe zum Treppenhaus, finde den Weg in die Tiefgarage und setze mich ins Auto. Ich sitze einfach hinter dem Lenkrad und schlage für zwei oder drei Sekunden die Hände vors Gesicht, ehe ich den Motor anlasse und die spiralförmigen Kehren nach oben und hinaus fahre. Ich merke, wie schwach und unbeholfen meine linke Hand am Lenkrad ist.

Aber ich weiß, wohin es jetzt geht. Ich habe das Kommando übernommen. Von nun an entscheide ich.

Zuerst will ich kurz beim Laden um die Ecke vorbeifahren und ein Brot, einen Käse und eine Büchse Schinken kaufen. Und Gewürzgurken, auf die habe ich plötzlich Appetit.

Für einen Moment kommt mir der Gedanke, kurz zu Hause vorbeizuschauen und eine Flasche Schnaps mitzunehmen, aber diesen gebe ihn rasch wieder auf. Ich werde mich nicht in einem palliativen Gesöff ertränken, verdammt, das werde ich nicht, es wäre nur jämmerlich, und dabei grinse ich höhnisch.

War nicht »Würde« das Stichwort?

Außerdem denke ich, dass noch einiges an Arbeit vor mir liegt, die an diesem Abend und in dieser Nacht erledigt werden muss, denn plötzlich ist der Horizont begrenzt.

Was jetzt passieren muss, sollte geschehen, ehe Eirin

aus Australien zurückkehrt. Denn dann wird der ganze Zirkus losgehen, Rotz und Tränen. Es ist vielleicht ein seltsamer Gedanke, aber mir wird klar, dass selbst die tiefste Verzweiflung und Trauer leicht in Kitsch umschlagen kann.

Doch ich muss mich ja nicht zwangsläufig auf dieses Schnulzenniveau begeben, das entscheide ich allein, und noch besitze ich meine vollkommene Würde.

Ich kann eine Sache nach der anderen vornehmen, in dieser äußerst bedrängten Situation darf ich das. Ich darf alles.

Vor allem muss ich etwas schreiben. An mich selbst.

Um eine Antwort auf die Frage zu finden, wer ich bin, muss ich ins Universum vordringen. Ich fühle mich dazu herausgefordert, mir einen Überblick über meinen eigenen ontologischen Status zu verschaffen.

Bevor ich etwas unternehme, muss ich ein paar ganz wichtige Überlegungen anstellen, eine Abwägung vornehmen, denn ich bin noch nicht vollständig handlungsunfähig, noch gibt es Alternativen.

*

Ich fahre auf dem direkten Weg hoch nach Kringlen, und fast die ganze Zeit liege ich zwanzig oder dreißig Kilometer über der Geschwindigkeitsbegrenzung.

Ich hoffe, dass ich in eine Polizeikontrolle gerate. Nein, ich phantasiere sogar davon, zu zwanzig Jahren Gefängnis verurteilt zu werden, das wär's, ich könnte den Richter um eine lebenslängliche Strafe anbetteln, gern in einer kleinen, ungemütlichen Zelle in einer der strengsten Haftanstalten des Landes, weit entfernt von den großen Städten und den Menschen, die ich kenne, am besten zusammen mit anderen Kriminellen, Zuhältern, Betrügern und Mördern.

Ich stelle mir vor, wie ich mich direkt an die Jury wende: »Ja, ich bekenne mich schuldig! Ich bin zu schnell gefahren, habe aufgrund einer kraftlosen Hand die Kontrolle über das Lenkrad verloren und eine alte Dame überfahren. Sie hat nicht überlebt. Es tut mir leid, sehr leid! Und nun verurteilen Sie mich, das ist Ihre Pflicht, aber nicht zum Tode, ich bin nämlich grundsätzlich gegen die Todesstrafe; ich bitte nur darum, noch ein paar Monate und vielleicht Jahre leben zu dürfen …«

Mit der von der rechten Hand baumelnden Einkaufstüte laufe ich den steilen Weg zu Hütte und See hoch, und ich laufe mir ein wenig von meiner Wut aus dem Leib.

Es erscheint mir unvorstellbar, dass ich zum Tode verurteilt sein kann, ohne andere Symptome als eine ein wenig schwache linke Hand und zwei steife Finger. Bisher jedenfalls, denn in wenigen Monaten schon werde ich vielleicht nicht mehr gehen können, und dann, nach und nach, werde ich in absolut jeder Hinsicht auf Hilfe angewiesen sein. Ich werde wieder wie ein hilfloses Kind werden. Ich werde am Ende nicht mehr essen können, aber ich kann mir eine Sonde in den Magen implantieren lassen, eine »Suppensonde«, um nicht an Unterernährung zu sterben. Das eigentliche Problem wird die Atmung sein, und in der letzten Phase könnte ich an einem Beatmungsgerät hängen. Das hat Marianne auch erwähnt, sie war wirklich von brutaler Offenheit. Aber das will ich nicht, keine künstliche Beatmung, kommt nicht in Frage!

Was zu diesen vielen Untersuchungen geführt hat, war nicht, dass ich mich schlecht gefühlt hätte. Ich habe mich nicht schlecht gefühlt. Meine Hand tat mir weh, das war alles. Sehnenscheidenentzündung, war mein erster Gedanke, ein wenig seltsam zwar, in der linken Hand, denn ich schreibe und mache die meisten anderen Dinge mit der rechten.

Aber Marianne kam dieses einfache Symptom verdächtig vor, und sie versuchte nicht einmal, mir ein entzündungshemmendes Mittel zu geben. Sie tastete meine Hand ab, dann die Muskeln am ganzen linken Arm. Danach schickte sie mich in dieses hypermoderne Röntgeninstitut mit seinen kreideweißen Wänden und Decken, einen unangenehmen Ort; mir kamen Übelkeit erregende Assoziationen zum Bühnenbild einer alten Inszenierung von Sartres *Geschlossener Gesellschaft*.

Viel besser war das Wartezimmer in der Poliklinik des Rikshospital einige Wochen später allerdings auch nicht: »Der Nächste bitte! Hier geht's lang!«

Es ist Frühling im Wald, der Weg ist fast schneefrei, und ich sehe Huflattich, aber ein paar Schneereste liegen noch in den Mulden zwischen den Bäumen. Mag der Schnee im Wald an den meisten Stellen auch verschwunden sein, der Waldboden ist feucht, und ich trage nicht einmal Stiefel, ich komme direkt von der Arbeit, in schwarzen Stadtschuhen. Aber im Märchenhaus warten trockene Stiefel, und sicher auch Socken.

Der Wald ist um diese Jahreszeit nicht gastlich. Er ist kalt und nass. Im feuchten Laub des Vorjahres versetze ich einer toten Maus einen Tritt, und nach einigen wenigen Metern einem anderen kleinen Nagetier, das vielleicht erfroren ist, ehe der Schnee liegen blieb. Als ich aber die Hochebene erreiche, scheint die Abendsonne von einem wolkenlosen Himmel und der See glüht.

Ich höre die Amsel singen, zum allerersten Mal in diesem Jahr. Der lebhafte Gesang steht im Gegensatz zu meiner eigenen Stimmung. Obwohl sich der Gesang des Vogels auch elegisch deuten ließe, als wehmütiges, wenn auch versöhnliches Klagelied.

Hoch über dem See und den kahlen Baumwipfeln fliegt ein Zug Gänse nach Norden, fast geometrisch perfekt in seiner symmetrischen V-Formation. Ich selbst bin derzeit asymmetrisch, nicht perfekt. Wie ich wohl aussehen werde, wenn die Gänse wieder gen Süden ziehen?

Ich denke an all die Jahre, die vergangen sind. Vor siebenunddreißig Jahren waren Eirin und ich zum ersten Mal hier. Also haben wir gelebt. Wir haben schon ein langes Leben hinter uns. Und wir sind nicht die Einzigen, die nicht ewig leben.

Trotzdem ist dieser Tag so unerwartet gekommen. Ich kann mich noch nicht damit abfinden, dass ich bald bereit sein muss, alles zu verlassen, absolut alles.

Es ist aus, denke ich; mein Schicksal wird sich erfüllen, lange bevor das Leben von Natur aus vorüber wäre, und zweifellos in der richtigen Frist, denn bald werde ich alle willensgesteuerte Muskelkraft eingebüßt haben.

Es erscheint mir wie ein Albtraum, in eine Situation zu geraten, in der ich jede Fähigkeit verloren habe, mein Schicksal in die eigenen Hände zu nehmen. Was für eine unerträgliche Vorstellung – dass es auch dafür zu spät sein kann!

Das ist das Entsetzliche. Das ist die Impotenz, die ich fürchte.

Ich lasse das Boot zu Wasser, kippe es mit der rechten Hand um, wobei ich das linke Bein zu Hilfe nehme und schließe die Tür zur Hütte auf. Der Schlüssel hat in all diesen Jahren im Handschuhfach des Autos gelegen.

Es ist nicht das erste Mal, dass jemand von uns spontan ins Märchenhaus fährt. Eirin hat es getan, als ihre Mutter starb, also Oma oder Sarahs Uroma. Damals musste Eirin eine Zeitlang allein sein.

Ich lasse die Tür offen stehen, während ich die Fensterläden öffne und in den Öfen Feuer mache. Ich kann die Streichholzschachtel dabei mit der linken Hand halten.

Die Luft in der Hütte ist muffig und feucht. Ich lüfte und heize gleichzeitig ein. Und ich fege die toten Fliegen von den Fensterbänken, auch diese Fliegen waren einmal lebendig, genau wie ich.

Ich werde also schreiben. Denn es gibt etwas, zu dem ich Stellung beziehen muss, etwas, das ich entscheiden muss. Und ich muss es selbst entscheiden, weder Marianne noch das Gesundheitswesen sollen für mich Entscheidungen treffen, und vielleicht auch niemand von euch, meiner Familie.

Um mir über all das klar zu werden, muss ich ein paar Gedanken zu Papier bringen.

Aber Papier! Wo finde ich Papier?

Wenn ich schon nicht in der Odinsgate vorbeigefahren bin, um die Whiskyflasche mitzunehmen, hätte ich wenigstens zu Hause rasch einen Stapel Schreibpapier einpacken können, obwohl ich das sicher auch im Supermarkt bekommen hätte.

Ich entdecke das Hüttenbuch auf dem Esstisch, wo dieses Vermächtnis immer liegt, wenn wir kommen und wenn wir aufgeräumt haben und weggefahren sind. Jetzt kommt es mir fast vor wie eine Beute. Ich stelle fest, dass die meisten Seiten leer sind, es ist noch nicht lange her, dass wir ein neues Buch kaufen mussten.

Und ich nehme mir diesen letzten Band unserer Familienchronik und setze mich ans Fenster mit Blick auf See und Sonnenuntergang.

Hier sitze ich noch immer, aber jetzt ist es draußen

pechschwarz. Und im Hüttenbuch gibt es weniger leere
Seiten.

*

Was ist ein Mensch? Das war die Frage.

Ist es nur ein glücklicher Zufall, dass wir hier sind?

Können wir all das mit etwas anderem in Verbindung
bringen als mit Physik und Chemie?

Ich werfe einen Blick aus dem Fenster und staune wieder,
wie sich der Sternenhimmel im Glitretjern spiegelt. Und
jetzt werde ich von der Nacht angezogen.

Ich sitze seit vielen Stunden vor diesem Fenster und
habe das Bedürfnis, unter den offenen Himmel hinauszu-
gehen. Vielleicht bekomme ich dort mehr, als ich in Mariannes Sprechzimmer bekommen habe.

Ich ziehe einen dicken Pullover und eine Mütze an,
und als ich die Haustür öffne und hinaustrete, habe ich
das Gefühl, die Eingangstür zu meinem eigenen Zuhause
zu öffnen, meiner eigenen kosmischen guten Stube.

Ich stehe unter dem Himmelsdach und schaue hoch in
ein überwältigendes Sternengewimmel.

Wenn ich den Blick senke, kann ich zudem sehen, wie
sich das Firmament im Glitretjern spiegelt und sich das
Himmelsgewölbe gewissermaßen verdoppelt. Es ist, als
ob der See zur Nachtzeit eine Tiefe von mehreren tausend
Lichtjahren hätte.

Die Sicht ist klar, und die Verhältnisse für einen tiefen Astrotauchgang sind optimal. Es gibt keinen Mond und auch keine Lichtverschmutzung.

Ich habe alle Kerzen im Märchenhaus ausgeblasen, in der rechten Hand halte ich eine kleine Taschenlampe. Jetzt ist sie erloschen, und mich erfüllt fast ein Gefühl von Andacht.

Eirin und ich haben so oft hier draußen gestanden, zitternd vor Furcht und Freude, voller Ehrfurcht vor allem, was wir nicht verstehen.

Ostern vor einem Jahr standen Sarah und ich hier, aber da schien der Mond, und während das Mondlicht eine zauberische Stimmung über Wald und See verbreitete, verdeckte es zugleich den unergründlichen Nachthimmel und das Beängstigende und Überwältigende seiner Tiefe.

Was ich über den kahlen Birkenwipfeln sehe, ist mächtig, majestätisch.

Was für eine Weite, was für eine Pracht!

Aber dort draußen finde ich keine Ewigkeit, an der ich mich festklammern könnte. Dort finde ich keine versöhnliche Dimension. Nur ein kosmisches Feuerwerk aus Sternen und Sternentod, bei dem neue Sterne entstehen und Nebel von Sternenstaub.

Ich habe wohl immer intensiver als Eirin in die Weltnacht hinausgestarrt. Ich bin ein Humanist, der zum

Hobbyastronom wurde. Bei Eirin verhält es sich etwas anders. Ihr war es immer schon leichter gefallen, den Blick auf unserem eigenen Planeten ruhen zu lassen. Sie hatte einen schärferen Blick für alles, was hier unten kreucht und fleucht.

Aber es gibt ein paar seltene Schnittpunkte, wo sich unsere beiden Koordinaten begegnen, winzige Berührungsstellen zwischen meiner Himmelsflucht und Eirins bodenständiger Suche nach den Formen des Lebens.

Zu denken, dass am Ende ein Mikroorganismus nach Eirin benannt worden ist, das Cyanobakterium *Nostoc eirinae*. Das war ja auch sehr passend, finde ich, dass Eirin mit ihren Gletscheraugen eines Tages eine neue Art blaugrüner Bakterien entdeckt hat, die man in früheren Zeiten oft als Blaugrünalgen bezeichnet hat. Aber was heißt hier »neu«, wir reden von Arten, die zu den allerältesten Organismen auf unserem Planeten gehören, die durch Photosynthese schrittweise zu einer sauerstoffhaltigen Atmosphäre beigetragen haben, was ja eine Voraussetzung für anderes Leben wie unseres war.

Den Astronomen zufolge leben wir auf einem Steinplaneten in der sogenannten »Goldhaarzone« um eine Sonne, das heißt, in der bewohnbaren Zone des Weltraums. Hier ist es warm genug, dass Leben entstehen und gedeihen kann, aber auch nicht zu warm, sondern *genau richtig*.

Hier ist es genau kalt genug und genau warm genug, damit es ausreichend fließendes Wasser gibt. In kosmischen Zusammenhängen sind solche Bedingungen eine ungeheure Seltenheit.

Wenn die Astronomen heute nach Leben im Universum suchen, halten sie insbesondere Ausschau nach Wasser. Und falls sie eines Tages einen anderen privilegierten Steinplaneten mit plätschernden Bächen, breiten Flüssen und tiefen, rätselhaften Meeren entdecken, in der Goldhaarzone um einen Stern, werden sie, sollten sie dort kein Leben finden, überraschter sein, als wenn es auf diesem Planeten von lebenden Organismen nur so wimmelt.

Aber Leben kann so vieles sein. Vielleicht gibt es ein vielfältiges Gewimmel von Mikroben auf einer Unzahl von Himmelskörpern im Weltraum. Und zu denken, eine dieser Mikroben trägt den Namen meiner Frau! Aber der Weg vom Mikroorganismus zum *intelligenten* Leben kann sehr weit sein, vielleicht so weit, dass bisher nur wir Menschen ihn gegangen sind.

Über solche Fragen haben Sarah und ich vorige Ostern gesprochen. Damals war sie elf.

Während ich dies schreibe – denn jetzt sitze ich wieder im Haus und schreibe weiter –, fällt mir ein, dass Christian und ich ein ähnliches Gespräch hatten, als er ungefähr so alt war wie Sarah heute.

Er fragte, ob es auf anderen Planeten Leben gäbe, und das war in den achtziger Jahren, ehe überhaupt ein sogenannter Exoplanet entdeckt worden war, ein außerhalb unseres Sonnensystems gelegener Planet. Heutzutage werden sie in stetig wachsender Zahl entdeckt, und die NASA hat kürzlich zum ersten Mal ein Bild eines solchen Planeten veröffentlicht.

Mit dem neuen Weltraumteleskop Kepler, das man erst vor kurzem in eine Umlaufbahn um die Sonne geschossen hat, werden wir in den kommenden Jahren Hunderte, vielleicht Tausende solcher neuen Welten entdecken können. Das Kepler-Teleskop ist eine Spezialkonstruktion, mit der man nach erdähnlichen Planeten suchen kann, nach Welten, die sich in der bewohnbaren Zone um eine Sonne befinden, wo die Verhältnisse »genau richtig« sind für Leben, wie wir es kennen …

Gibt es Leben auf anderen Planeten?, fragte Christian und schaute zu mir hoch.

Ich habe wohl nur den Kopf geschüttelt und geantwortet, das wisse ich nicht.

Der Zwölfjährige konnte seine Enttäuschung darüber, dass ich ihm nicht mehr sagen konnte, nicht verbergen. Und da fügte ich hinzu: »Aber versuch mal, dir vorzustellen, dass es im Universum wimmelt von Leben, in allen erdenklichen Formen und Gestalten …«

Der Junge machte große Augen und rief: »Cooool!«

Und ich entgegnete: »Okay, Christian. Aber dann versuch mal, dir das genaue Gegenteil vorzustellen; dass es nur hier auf unserem eigenen Planeten Leben gibt, und jedenfalls nur hier denkende Wesen wie uns …«

Christian schaute wieder zu mir hoch. »Cooool!«, rief er.

Ihm erschienen beide Perspektiven gleich spannend. In gewisser Weise verstärkten sie einander.

Ich glaube, von da an begriff Christian das Leben als Mensch auf dieser Erde intensiver, als bevor er mir diese Frage gestellt hatte, auf die ich ja eigentlich gar keine Antwort wusste.

Er kam jedenfalls immer wieder auf dieses Gespräch zurück.

Ich frage mich, wie viel mehr wir wohl über die großen Rätsel des Universums wissen werden, wenn Sarah so alt ist wie Christian heute.

Oder wenn sie so alt ist wie Eirin und ich?

Heute halte ich es für die wahrscheinlichste Antwort auf Christians Frage, dass Leben eine fundamentale Ausprägung der Natur dieses Universums ist. Und ich weiß nicht genau warum, aber hier und jetzt tut mir diese Annahme weh.

Ich werde ja auf dieser geheimnisvollen Reise nicht mehr dabei sein …

Es kommt mir so sinnlos vor, an dem Tag, an dem man sterben soll, zum König oder Kaiser gekrönt zu werden!

Auch wenn Steinplaneten in der Goldhaarzone um einen stabilen Stern sehr selten sind, wie eine in einer endlosen Wüste verstreute Handvoll Diamanten, lag es vielleicht seit dem Urknall vor 13,7 Milliarden Jahren auf der Hand, dass hier früher oder später Leben entstehen würde. Und vielleicht auch, dass zu irgendeinem Zeitpunkt

Organismen wie ich entstehen würden. Ich bin einer der Diamanten, ungeheuer selten und wertvoll, geradezu unanständig kostbar und in jeder Hinsicht strahlend vor dem Hintergrund der kosmischen Wüste, die mich umgibt.

Aber spielt das eine Rolle? Ist dieses Wunder jetzt ein Grund zur Freude?

Ich bin dabei, umgeschmolzen zu werden. Ich muss zurück in die Wüste, zurück in die leblose Natur.

Ich suche aus einer anderen Perspektive nach einem Sinn. Obwohl der Blickwinkel vielleicht derselbe ist, lote ich jetzt tiefer.

Ich werde nichts Geringeres als in den eigentlichen Kern des Lebensmysteriums vordringen und werde dabei ein Thema der Astrophysik streifen, das mich in letzter Zeit mehr und mehr beschäftigt, seit ich mich in Paul Davies' Studie *Der kosmische Volltreffer* vertieft habe. Inzwischen habe ich noch mehr über dieses Thema gelesen.

Wie sind die Atome entstanden? Aus ihnen bestehen doch sowohl die Himmelskörper als auch unsere eigenen Körper.

Aber die Atome – und die Moleküle und Makromoleküle – sind nicht zwangsläufig ein Produkt des Urknalls, weit entfernt. Etwas so Schlichtes wie ein Wasserstoffatom ist kein geringeres Wunder als ein Löwe oder ein Elefant. Mit anderen Worten: Der Weg von irgendeinem Big Bang zu den Atomen im periodischen System ist vielleicht ein größerer Sprung als der Weg von den Atomen zu mir, der ich heute Nacht hier sitze und mir die letzten Seiten des Hüttenbuchs zunutze mache.

Aber ich werde erklären, was ich meine. Sarah braucht sich natürlich nicht mit diesem Großvatergefasel abzugeben, wirklich nicht, und ihr anderen vielleicht auch nicht.

Aber mir bedeutet es viel, in dieser Nacht das große Paradoxon, das größte des Universums, in Worte zu fassen, ehe ich eine Entscheidung treffe, die endgültige Wahl zwischen zwei Übeln.

Denn ich habe nicht länger das Gefühl, dass ich hier sitze und nur durch mich selbst denke. Mehr und mehr erscheint es mir, dass ich jetzt durch das gesamte Universum denke und schreibe.

Wenn dieses Universum vom ersten Augenblick an auch nur ein kleines bisschen anders *gestimmt* gewesen wäre, als es das nun einmal war, wäre es nach dem Knall vermutlich schon im Bruchteil einer Sekunde in sich zusammengefallen, oder es wäre öde und leer geblieben, und nicht ein einziges Atom wäre darin entstanden.

Es ist durchaus vorstellbar, dass ununterbrochen solche misslungenen Universen entstehen, es ist nicht einmal unwahrscheinlich. Aber im nächsten Moment gehen sie auch wieder zugrunde, oder sie bleiben auf monströse Weise steril. Sie entwickeln sich nicht weiter. In ihnen entstehen weder Atome noch Sterne oder Elefanten, und natürlich auch keine solchen Seelenqualen wie die, die ich jetzt hier ausbreite.

Was meine ich damit? Und warum ist das für mich so wichtig? Augenblick! Ich bringe gleich ein paar Beispiele, worum es geht.

Wenn dieses Universum nicht vom ersten Moment an, ganz zufällig, ein wenig mehr Materie als Antimaterie enthalten hätte – was an sich schon ein wahres Mysterium ist –, wäre das ganze Universum in Auflösung übergegangen und vernichtet oder *annihiliert* worden, wie die Physiker sagen, und das wäre gleich nach dem Knall passiert.

Wenn die sogenannte starke Wechselwirkung nur ein kleines bisschen schwächer gewesen wäre, hätte das gesamte Universum aus Wasserstoff bestanden, und dann hätte das Leben natürlich keine Chance gehabt, und Erde und Mond auch nicht. Oder ich. Und wenn umgekehrt die starke Wechselwirkung nur ein kleines bisschen stärker gewesen wäre, dann würde es hier überhaupt keinen Wasserstoff geben. Aber Sterne und Galaxien und damit natürlich auch Leben sind ohne Wasserstoff undenkbar.

Noch ein Beispiel: Wenn die Schwerkraft nur ein kleines bisschen stärker gewesen wäre, würden Sterne wie die Sonne kräftiger scheinen und zu früh ausbrennen, bevor sich auf den umliegenden Himmelskörpern Leben hätte entwickeln können. Und wenn die Schwerkraft nur ein kleines bisschen schwächer gewesen wäre, hätte es vielleicht niemals Supernovae gegeben, mit ihrer Fähigkeit, schwerere Atome zu erschaffen, und die Chancen für Leben, wie wir es kennen, wären viel geringer gewesen.

Diese vier Naturkräfte – Schwerkraft, starke Wechselwirkung, schwache Wechselwirkung und elektromagnetische Kraft – sind wie geschaffen für das Leben und für denkende Wesen wie uns. Sie könnten durchaus auch eine andere Stärke haben, da sind sich die Astronomen fast einig. Aber wenn das Kräfteverhältnis auch nur ein klein wenig anders gewesen wäre, wäre das Universum steril erschienen, ohne Leben und ohne Himmelskörper. Allerdings, was heißt hier »erscheinen« – ein solches totes Universum könnte ja per se keine Zuschauer haben, und auch keine Astronomen.

Wir befinden uns in einem »nachhaltigen« Universum, und, wie sich herausgestellt hat, einem fruchtbaren Universum. Die fundamentalen Naturkräfte und eine lange Reihe physikalischer Konstanten waren *genau richtig* für die Entstehung von Atomen, Sternen und uns.

Das Universum als solches befindet sich also in einer Goldhaarzone! Vom ersten Moment an war es eingestellt auf Atome und Moleküle, Sterne und Planeten. Und auf Wesen wie uns!

Bei diesem Gedanken wird mir hier ganz schwindlig. Denn diese Welt, die ich jetzt verlassen muss, ist so sinnreich eingerichtet. Obwohl »sinnreich« vielleicht eine tendenziöse Wortwahl ist, denn sie unterstellt beinahe, dass es hinter den physikalischen Gesetzen eine »sinnvolle« Instanz gibt, einen intelligenten »Designer« hinter allem.

Eine weitere Möglichkeit ist, wie bereits erwähnt, dass ununterbrochen Unmengen von Universen entstehen, als isolierte Blasen in einem sogenannten *Multiversum*, dass die allermeisten Blasen jedoch instabil und dem Untergang geweiht sind, da sie nicht die »richtigen« Stärken aufweisen, Wechselwirkungen, die genau richtig sind. Sie sind Nieten in der Lotterie der Universen, wo nur das Gewinnerlos sichtbar wird, das heißt, von Geschöpfen wie uns beobachtet werden kann. Und mein Universum ist, wie sich herausgestellt hat, so ein Gewinnerlos – eins, das mit Leben und in letzter Instanz auch mit dem Nachdenken über sich selbst versehen ist.

Ein entsprechendes »Nachdenken« begegnet uns gelegentlich in Interviews mit den seltenen Lottomillionären. Interviews mit Leuten, die keine sechs Richtigen im Lotto hatten, sehen wir jedoch nie. Die zahllosen Verlierer werden während der Lottoziehung innerhalb von Sekunden aussortiert.

Aber. Ich wage fast nicht, es zu erwähnen: Wir können andererseits auch nicht ausschließen, dass unsere Existenz und unsere geistigen Fähigkeiten auf etwas anderem und auf mehr als einem fast unbegreiflichen Glückstreffer beruhen. Wir können die Möglichkeit, dass wir auf eine für uns unfassbare Weise mit etwas anderem als Physik und Chemie zusammenhängen, nicht völlig ausschließen. Es ist nicht unvorstellbar, dass es bei diesem Universum *um etwas geht*.

Warum beschäftigt mich das jetzt so sehr? Das lässt sich in einem einzigen Wort ausdrücken: *Hoffnung*.

Hoffnung worauf? Das weiß ich nicht, wirklich nicht. Aber auf etwas Wunderbares, wie in der Wüste über einen riesigen Diamanten zu stolpern.

*

Ich brauche eine Atempause nach diesen grenzenlosen Perspektiven und denke wieder daran, wie es mir die Sprache verschlagen hat, als mir an jenem Septembermorgen zu Beginn der siebziger Jahre im Aufenthaltsraum des Sophus-Bugges-Haus Eirin begegnete.

Wir fuhren zusammen. Und wie wir zusammenfuhren, als wir einander erblickten!

Was ist damals eigentlich passiert? Diese Frage kann ich nicht beantworten. Aber etwas hat klick gemacht. Etwas war genau richtig.

Vielleicht hätte ich mich niemals von Marianne getrennt, wenn ich Eirin nicht kennengelernt hätte. Für Marianne wurde meine Begegnung mit Eirin zur Katastrophe, und wir, also Marianne und ich als Paar, waren die Verlierer. Was zehn Jahre später geschah, war nur ein Trostpflaster.

Marianne hat mich zu den Wanderungen durch Jotunheimen überredet, Tage, die ich niemals vergessen habe … Wir sind zusammen nach Stockholm gefahren und haben in Stockholms Stadsteater den *Guten Menschen von Sezuan* mit Lena Granhagen als Shen Te auf Schwedisch gesehen … Marianne hat mich zum Theatergänger gemacht. In Oslo sahen wir Shakespeare, Ibsen, Tschechow, Strindberg und Beckett. Und Bjørneboe, Gombrowicz, Pinter …

Ich erinnere mich an alles. Ich erinnerte mich an diese Aufführungen. Fast immer hielten wir einander an den Händen, und wenn es zu spannend wurde oder zu ergreifend, manchmal auch zu peinlich, konnten wir uns gegenseitig die Hände drücken.

Marianne und ich waren »Ewigkeitskinder«. Das war unser Ausdruck. Ich weiß nicht mehr, was wir darunter verstanden. Und ich weiß auch nicht mehr, wer von uns ihn zuerst benutzt hat.

Aber Eirin konnte ich nicht widerstehen. Wir fuhren zusammen auf eine »laaange« Autofahrt und haben niemals kehrtgemacht.

Ich schaue jetzt auf meinen Trauring, eigentlich ist es ein Verlobungsring, Eirin und ich waren zu Beginn der siebziger Jahre so politisch unkorrekt, uns zu verloben.

Das Gold stammt aus einer Supernovaexplosion vor vielen Jahrmilliarden. Die Ringe, die wir tragen, sind also durch den Kollaps eines massiven Sterns entstanden. Wir tragen die Reste dieses astralen Kollapses als Beweis dafür, dass wir zueinandergehören.

Das passt gar nicht schlecht, tief verankert, wie wir in den vielschichtigen Voraussetzungen des Universums sind. Auch wir bestehen aus Elementen, die nach solchen Supernovaexplosionen entstanden sind. Wir sind Sternenstaub.

Oder vielleicht wäre es richtiger zu sagen, dass wir Sternschnuppen sind, ein flüchtiges Aufflackern.

Wir jagen durch den nächtlichen Himmel. Und verglühen.

*

Ich habe noch ein paar Holzscheite in den Ofen gelegt, höre, wie wütend sie Funken sprühen, und blicke wieder auf den Verlobungsring.

Dass das Gold aus einer Supernovaexplosion den Weg in diesen Ring gefunden hat, damit er in den Strahlen unserer eigenen Sonne funkeln kann, oder im Licht der beiden Kerzen, die jetzt vor mir auf dem Tisch stehen, ist fast nicht zu glauben. Noch unfassbarer ist es, dass wir die Fähigkeit besitzen, solche großen kosmischen Zusammenhänge zu begreifen, obwohl es nur um Haaresbreite dazu kam, dass der Mensch im Laufe von Jahrmilliarden solche seltsamen Fähigkeiten entwickelt hat. Und jetzt denke ich an die Entwicklung des Lebens auf der Erde.

Denn auch das Gehirn des Menschen befindet sich in einer Goldhaarzone.

Auch das Gehirn? Was soll das heißen?

Unser Gehirn könnte nicht größer sein, als es ist, denn dann könnte die Frau ihr Kind nicht gebären und trotzdem aufrecht auf zwei Beinen gehen; und das ist eine wichtige Voraussetzung, denn ohne den aufrechten Gang hätten wir keine freien Vordergliedmaßen, was wiederum eine notwendige Bedingung für die Entwicklung des Gehirns war.

Aber das Gehirn des Menschen könnte auch nicht kleiner sein. Denn dann könnten wir nicht vernünftig miteinander kommunizieren oder die Welt, in der wir leben, auch nur annähernd verstehen. Wir wären keine Menschen, sondern einfach irgendein Tier.

Physiologisch gesehen befindet sich das Gehirn des Menschen also in einem erstaunlich fein und genau abgestimmten Gleichgewicht. Die Notwendigkeit eines breiten Geburtskanals für das Gehirn steht in einer prekären Balance zu den Bedingungen für den aufrechten Gang, der das genaue Gegenteil erfordert, also einen engen Geburtskanal.

Das Gehirn des Menschen ist *genau richtig*, damit die Frau es gebären kann, und damit wir – trotz aller Einschränkungen – ein ausreichendes Verständnis für die uns umgebende Natur haben.

Wir besitzen ein Gehirn, das vollkommen zu dem Universum passt, in dem wir leben; es ist ebenso allumfassend wie das Weltall, und man könnte es durchaus als kleine Schwester oder kleinen Bruder des Universums bezeichnen. Das gilt nicht für ein Mäusegehirn und auch nicht für das Gehirn eines Elefanten.

Die Natur hat die Grenzen hier bis zum Äußersten gedehnt. Denn im Laufe der Geschichte sind viele Frauen im Kindbett oder in direktem Zusammenhang mit der Niederkunft gestorben, und Millionen von Kindern haben ihre eigene Geburt nicht überlebt.

Unsere Fähigkeit, das Universum zu erforschen, ist uns teuer zu stehen gekommen. Wir haben einen hohen Preis bezahlt, um zum Mond zu gelangen, um einen Überblick über die Geschichte des Planeten und des Universums zu erhalten.

Wir haben in unserer eigenen Familie ein Beispiel für so eine schwere Geburt erlebt. Ich denke natürlich an Sarah, sie hat das ja schon oft gehört. Sarahs Geburt verlief so dramatisch, dass sie nicht auf natürlichem Wege erfolgen konnte, und June wurde per Kaiserschnitt entbunden.

Wir können die Geschichte des Universums vom Urknall bis zum heutigen Tage darstellen. Das ist durchaus eine Leistung. Wir haben der Natur einige ihrer tiefsten Geheimnisse abgelauscht. Wir haben gelernt, zwischen völlig zufälligen Geschehnissen und dem zu unterscheiden, was wir Naturgesetze nennen.

Ich meine, es gibt keine anderen Geschöpfe auf unserem Planeten, die sich den Kopf über solche Fragen zerbrechen. Krähen nicht, Schweine nicht, Eichhörnchen nicht, und auch nicht Elefanten. Und vielleicht gibt es im ganzen Universum keine anderen derartigen Wesen.

Nur wir können unterschiedliche Tiere, Vogelarten und Pflanzensorten benennen. Wir ordnen die Phänomene ein, klassifizieren sie und geben allem in der Natur und im uns umgebenden Universum einen Namen. Wir sagen »Sonne« und »Mond«, »Wolfseisenhut« und »Butterblume«.

»Hüttenbuch« sagen wir.

Ich habe gerade zurückgeblättert und mir das Bild, das Sarah von den beiden »Schwänen« gezeichnet hat, noch einmal angesehen, während ich hier vor dem Westfenster sitze und schreibe.

Auch unsere fernen Vorfahren konnten zeichnen, an Höhlenwänden oder auf Felsplatten unter freiem Himmel.

Ob es wohl noch andere Geschöpfe gibt, die ihre Umgebung abbilden können, auf anderen Himmelskörpern als unserer Erde, meine ich?

*

Worauf will ich nun mit diesen ganzen Überlegungen hinaus? Ich schreibe und schreibe, und jetzt bin ich gespannt, ob die Seiten noch ausreichen, um meinen Gedankengang zu Ende zu führen. Ich habe bereits erwähnt, dass ich einen roten Faden ahne, aber nicht, wohin er mich führen wird. Jetzt geht auch das mir langsam auf.

Bisher habe ich den menschlichen Verstand gelobt. Aber unsere Fähigkeit zu begreifen kommt uns zugleich teuer zu stehen.

Ich will kein Spielverderber sein, aber die Medaille, die ich hier präsentiert habe, besitzt auch eine Kehrseite. Und die lerne ich jetzt kennen. Auf dieser Kehrseite stürmt es in mir, dort wütet der Orkan.

Denn das Gehirn des Menschen ist vielleicht doch ein bisschen zu groß. Es ist nicht *genau richtig*. Ich würde sagen, im Gegenteil: Wir sehen ein bisschen zu tief und zu viel.

Fast unser ganzes Leben hindurch sind wir dazu verdammt, mit der Gewissheit zu leben, dass all das Herrliche, an dem wir teilhaben dürfen – das Erdreich mit seinen unvorstellbaren Formen des Lebens, das Meer mit Myriaden unterschiedlicher Lebewesen, und der Sternenhimmel über uns, Milliarden von Lichtjahre draußen im Universum, wo wir nur davon träumen können, was es dort gibt –, das alles müssen wir nach wenigen Jahren verlassen, und für mich rückt die Stunde dieser Abrechnung jetzt näher.

Es ist ein hoher Preis, den wir bezahlen müssen.

Wir alle tragen eine schwere Schuld, vor der niemand weglaufen kann, und jetzt, jetzt steht der Gerichtsvollzieher vor der Tür, mit dem hässlichen Schuldschein in der Hand. Das Darlehen wird fällig. Und zwar genau so viel, wie ich bekommen habe.

Mir wurde eine ganze Welt geliehen, und jetzt soll ich

sie zurückzahlen, nicht in erträglichen Raten, sondern auf einmal. Hier hatte ich eine Geliebte, und nun, nun soll ich sie verlassen. Das steht auf dem Schuldschein. Ich hatte einen geliebten Sohn, eine liebe Schwiegertochter und ein Enkelkind, Sarah, meinen Augenstern. Und ich hatte einige enge Freunde und Kollegen. Bitte sehr. Hier ist alles, so wie es das Leben mir gegeben hat. Danke für die Leihgabe!

Denn jeder Moment des Glücks war von einem Leichentuch umhüllt.

Der Elefant im Raum ist die Tatsache, dass wir niemals im Zimmer *sind*: Es hat nie ein Sein gegeben, sondern nur ein Werden, denn nichts auf der Welt hat Bestand.

War es nicht dieser Schmerz, den Eirin verspürt hat, als sie bei einer herbstlichen Ruderpartie vor vielen Jahren einen kleinen Zusammenbruch erlitt? Es gibt keine andere Ewigkeit als eine Reihe von Augenblicken, von unersetzlicher Gegenwart.

Wir sind durch die Räume gejagt wie ein unheilverkündender Wind. Aber darüber haben wir nie gesprochen, über diesen unheimlichen, gespenstischen Wind. Andere Geister als uns gibt es nicht. Keine Schatten, die im Hintergrund lauern. Und das ist das Makabre, nicht irgendwelche Gespenster. Das Makabre ist, dass es keine Gespenster gibt, kein »Jenseits«, aus dem man als Wiedergänger zurückkehren könnte.

Wir verlieren nicht nur eine Welt. Wir verlieren uns selbst.

Bald werde ich nicht mehr zum Team gehören, dem Team Menschheit. Ich werde ausgeschlossen, darf nicht mehr mittanzen.

Eirin!

Christian, June und Sarah!

Marianne!

Sterben ist eine Gemeinheit!

Je tiefer, weiter und eindringlicher unser Horizont ist, umso mehr können wir ermessen, was wir zurückzahlen müssen. Wir müssen die Rechnung für eine ganze Welt begleichen, wo wir unser herrliches Leben führen durften und uns glücklich niederließen, wenn auch nur als Eintagsfliegen. Und wir werden niemals die Möglichkeit bekommen, noch einmal vorbeizuschauen.

Bei den Menschen sind nur die Gehirne von Kindern der reinen und lauteren Lebensfreude und dem spontanen Spiel angepasst, wie es in den »magischen Jahren« stattfindet – um den Ausdruck einer amerikanischen Kinderpsychiaterin zu übernehmen. Etwas in uns geht in Stücke, wenn wir ein gewisses Alter erreichen und nicht mehr dem »rätselhaften Volk« angehören – so der Ausdruck eines schwedischen Liedermachers.

Neben den Kindern gibt es vielleicht noch eine andere Gruppe von Menschen, die fähig sind, das Leben mit stoischer Ruhe hinzunehmen. Ich denke an die Tiefreligiösen, an alle, die felsenfest von einem besseren Dasein nach diesem überzeugt sind.

Das Leben auf der Erde erscheint ihnen gewissermaßen, wie in einem engen und unbehaglichen Keller zu hausen. Aber es gibt noch ein Stockwerk, ach, wären wir dort! Das ist das *eigentliche* Stockwerk, die ewige Wohnstätte, mit ihren elysischen Gefilden voller Herrlichkeit und Anmut.

Fast wie Kinder haben auch diese Menschen eine Einstellung, die für ein unbeschwertes Lebensglück genau richtig ist.

*

Aber nun kommt die entscheidende Frage: Muss ich diese erniedrigenden letzten Monate eigentlich erleben? Oder kann ich es mir erlauben, der ganzen Sache eigenhändig ein Ende zu machen?

Es ist vielleicht verletzend für euch, diese Frage zu hören, aber es treibt mich jetzt in diese Richtung.

Ich habe keine Angst vor dem Sterben, eher im Gegenteil: Ich empfinde eine so tiefe Trauer, bald dahinsiechen und weggehen zu müssen, dass ich nicht weiß, wie lange ich das aushalten kann. Ich verspüre Ekel bei der Vorstellung, der Fürsorge und Hilfe anderer Menschen ausgeliefert zu sein, in jeder Stunde, in jeder Minute.

Ich sehe ein Dasein vor mir, in dem ich absolut unfähig sein werde, mit der Umwelt zu kommunizieren. Auch im nächsten Frühling werde ich die Amsel hören, aber ich werde mich nicht mehr zu ihr umdrehen und sie in den Blick nehmen können.

Ich werde an meine engste Umgebung gefesselt sein, und vielleicht wird jemand mich in der Nacht hinausschieben, damit ich die Sterne sehen kann. Aber ich werde nichts mehr über das Himmelsgewölbe sagen können.

Ich werde auf der Welt sein, aber ich werde ihr nicht antworten können.

Am schlimmsten ist die Vorstellung, zusammengesunken im Rollstuhl zu sitzen, und dann wird Eirin sich über mich beugen und mit lauter Stimme sagen, dass sie mich liebt, denn sie hat vergessen, dass mein Gehör völlig in Ordnung ist. Weil keine Antwort kommt, wird sie meine Wange streicheln, aber ich werde nichts erwidern können.

Und so werden auch Christian, June und Sarah zu mir sprechen, ohne eine andere Reaktion zu erwarten als ein Verdrehen der Augen, wie zwei kleine Vögel im Käfig …

Nein, niemals!

Ich habe eine düstere Vorstellung davon, auf den See hinauszurudern und mich zu ertränken, vielleicht schon heute Nacht; es muss heute Nacht sein, denn die Gelegenheit bietet sich vielleicht nie wieder. Ich war noch nie ein guter Schwimmer, und das Wasser ist eiskalt, am Ufer ragt der Harschschnee an manchen Stellen noch immer wie vereiste Zungen ins Wasser hinaus.

Ich kann einen alten Regenmantel mit Stein und Stahl füllen. Als ich draußen war, um die Sterne zu betrachten, habe ich in den Schuppen geschaut und mir im Schein der Taschenlampe einen Überblick über Werkzeug und Geräte verschafft.

Was soll ich tun, Eirin?

Du bist so weit weg. Begehe ich einen Verrat, wenn ich diese Situation zu Ende bringe, damit du und die anderen nicht in alles hineingezogen werden?

Wir hatten so viele gute Tage zusammen, so viele Stunden, können wir es nicht einfach darauf beruhen lassen?

Ich möchte euch allen eine schwere Last ersparen, wenn ich euch nicht auf meinen ganzen Weg aus der Welt mitnehme, zuerst im Rollstuhl, dann im Bett, schließlich am Atemgerät, und dann ganz fort. Ihr werdet den traurigen Verlust so oder so erleiden, das kann ich euch nicht ersparen. Aber ihr braucht bei der eigentlichen Hinrichtung nicht anwesend zu sein. Die ist nämlich gnadenlos. Und wenn ich nicht nachhelfe, wird sie in Zeitlupe vor sich gehen.

Ihr habt doch einander. Und ich will nicht, dass ihr mich durch Monate schrecklicher Erniedrigung, durch einen langwierigen, verstörenden und schmerzhaften Prozess begleiten müsst.

Kannst du mich verstehen, Eirin? Mir verzeihen?

Und auch du, Marianne. Vielleicht wirst du diese Zeilen irgendwann lesen. Du musst wissen, es liegt nicht an dir, wenn ich diesen Schritt gehe. Es war deine Pflicht, mich zu informieren, mir die nackten Tatsachen zu präsentieren, und von denen gehe ich jetzt aus, nicht von dem »Beratungsgespräch«, das wir heute Nachmittag in deinem Sprechzimmer geführt haben.

Ich appelliere an euer aller Vernunft und bitte euch um die Erlaubnis, mein Leben in Würde abzuschließen, so lange ich das noch kann, nicht mehr und nicht weniger.

Ich weiß, ich könnte meinen Vorsatz niemals ausführen, wenn ich nicht allein hier wäre. Natürlich würdet ihr versuchen, mich daran zu hindern, das ist ein menschlicher Instinkt.

Aber jetzt gibt es nur mich und den See.

Im Laufe des Abends habe ich angefangen, mich dem dunklen Wasser zuzuwenden. Durch das Fenster kann ich noch die bleichen Sternenflecken auf dem Wasserspiegel ahnen.

Ich habe angefangen, mit dem Wasser zu sprechen.

Das dunkle Auge in der Nacht ist der Tod selbst.

*

Rastlos bin ich im Märchenhaus hin und her gelaufen. Ich habe an Eirin in Melbourne gedacht. Ich wüsste gern, nach wie vielen Teilnehmern an dieser internationalen Tagung eine Spezies benannt ist. Vielleicht ist Eirin die Einzige. Der Gedanke macht mich froh.

Hier ist es elf Uhr, in Melbourne sieben Uhr morgens. Ich bin überrascht, wie leicht es bei einem solchen Zeitunterschied ist, sich voreinander zu verstecken. Ich könnte natürlich trotzdem zum Telefon greifen und versuchen, Eirin anzurufen. Aber ich bin sicher, dass ich es nicht schaffen würde, mich ihr über eine so große Entfernung und einen solchen Zeitunterschied hinweg anzuvertrauen.

Es tut weh, dass sie so weit weg ist. Aber wir müssten im selben Raum sein, um einander jetzt erreichen zu können. Heute Nacht trennen uns Lichtjahre.

Während ich hin und her wandere, klingelt das Telefon. Es ist Marianne. Aber ich gehe nicht dran. Voller Härte denke ich, dass ich mit ihr fertig bin, diesmal mit ihr als Ärztin, und dass ich dazu stehe.

Ich habe Marianne gegenüber keinerlei Verpflichtungen. Kurz darauf ruft sie wieder an. Aber ich gehe wieder nicht dran.

Eine Minute später schickt sie eine SMS.

Lieber Albert, ich weiß, du hast es jetzt sehr schwer. In einer solchen Situation ist es normal, dass man sich isoliert, oder in den Keller geht, wie wir sagen. Mir ist klar, dass du heute Abend nicht mit mir sprechen willst. Aber könntest du mir nicht wenigstens ein Lebenszeichen schicken? Wenn du willst, kann ich morgen für dich jede Menge Zeit reservieren, von mir aus den halben Tag. Es ist gut, dass du Eirin bei dir hast. Sie ist stark. Warme Wünsche von Marianne.

Ich traue meinen Augen nicht. Wenn es in einer solchen Situation normal ist, dass man sich isoliert, oder »in den Keller geht«, was soll dann dieser Kontaktversuch? Warum sollte ich ihr ein »Lebenszeichen« schicken? Und woher will sie wissen, dass Eirin in meiner Nähe ist? Und was weiß Marianne überhaupt von Eirins Stärke?

Aber okay, die warmen Wünsche nehme ich entgegen. Ich merke, dass meine Augen feucht werden.

Eine halbe Stunde darauf macht mein Handy wieder pling. Jetzt ist es Eirin, die mir eine Nachricht sendet. Ich wusste, dass sie mir einen Gutenachtgruß schicken würde, das tut sie jeden Abend. Aber an diesem Abend fürchtete ich mich davor.

> Allerliebster Albert! Ich hoffe, du hattest einen schönen Tag. Hier gibt es jede Menge Vorträge, Diskussionen und Workshops. Morgen werde ich das Cyanobakterium vorstellen, ich freu mich schon darauf. Einer der wirklich großen technischen Fortschritte ist PowerPoint. Ich bin überhaupt nicht nervös. Aber jetzt muss ich los, die Tagung geht weiter. Ich wünsche dir eine gute Nacht. Deine und nur deine Eirin.

Meine Tränen fließen. Ich muss Eirin antworten, und jetzt muss ich mich an den Mast fesseln, damit die Gefühle mich nicht überwältigen. Aber ich brauche ja nur zu tippen.

Natürlich kann ich nicht schreiben, dass ich im Märchenhaus bin. Warum hätte ich mitten im Frühlingsmatsch hier herkommen sollen? An einem Donnerstag?

Mir fällt ein, dass ich der Schule nicht mitgeteilt habe, dass es mir nicht gut geht und ich morgen nicht zum Unterricht kommen kann. Daran habe ich überhaupt nicht gedacht.

Und ich komme zu dem Schluss, dass es mir egal ist. Alle derartigen Bindungen habe ich gekappt. Jetzt stelle ich mein Mobiltelefon lautlos.

Ich bin schon draußen in der Nacht der Lichtjahre.

Und dir einen guten Morgen! Mein Tag war in Ordnung, es war ein strahlender Frühlingstag. Habe Huflattich gesehen und die Amsel gehört. Dieser Gesang in Moll hat schon etwas Besonderes, vielleicht bin ich selbst ein bisschen Amsel. (Du hast ja mal gesagt, dass jeder Mensch einem Vogel entspricht). Eine seltsame Vorstellung, dass du auf der anderen Seite des Erdballs bist, und zwar auf der Tagseite, hier ist es nach Mitternacht. Gute Nacht! Nein, nein! Da hab ich die Zeitdifferenz doch glatt vergessen. Ich sage nur adieu, Eirin! Und amüsier dich abends bei australischem Wein! Du bist schließlich nicht jeden Tag »down under«. Viel Glück morgen! Ein Hoch auf *Nostoc eirinae*.

24. APRIL

Mit der Taschenlampe in der schwachen Hand habe ich das Boot losgemacht und bin auf den See hinausgerudert. Ich trage altes Ölzeug und habe mir die Taschen mit Steinen und Nägeln vollgestopft. Außerdem habe ich mir mit dicken Stricken Äxte und Hämmer um den Leib gebunden.

Es ist hundekalt, aber noch immer sternklar, am Himmel über mir und in dem dunklen Wasser unter mir.

Mitten auf dem See, wo ich weiß, dass es tief ist – ungefähr dort, wo Eirin an jenem Herbsttag vor vielen Jahren zu weinen begonnen hat, erhebe ich mich von der Ruderbank und lasse mich in das kalte Wasser fallen.

Der See sprüht noch immer winzige Funken. Es ist kein Meeresleuchten, das gibt es bei Süßwasser nicht. Es ist das Glitzern der Sterne, und ich habe das Gefühl, in der Zeit zurück und ins Universum hinauszustürzen, an meine endgültige Adresse.

Dann sickert das eiskalte Wasser unter mein Ölzeug und die Kälte durchdringt meinen Leib. Ich fange an zu sinken, Meter um Meter, vielleicht wie die böse Hexe im Märchen.

Ich weiß, es gibt keinen Weg zurück, und damit versöhne ich mich.

Plötzlich fahre ich im Alkoven aus dem Schlaf hoch. Wie ich hierhergekommen bin, weiß ich nicht, ich habe keinerlei Erinnerung.

Das Ertrinken im See muss ein lebhafter Traum gewesen sein. Aber in gewisser Weise ist es wirklich geschehen. Ich habe Entschlossenheit bewiesen, und das erlebe ich als Sieg, oder jedenfalls als eine Klärung der Lage. Ich habe Willen und Mut gezeigt, das Schicksal in meine eigenen Hände zu nehmen.

Ich greife nach der Taschenlampe, schalte sie ein und schaue auf meine Armbanduhr. Es ist vier Uhr morgens. Ich zähle rasch an den Fingern ab: zwölf in Melbourne.

Ich habe unruhig geschlafen und bin immer wieder aufgewacht, habe mich im Bett von einer Seite auf die andere gewälzt und den Abgrund aus allen Richtungen gesehen. Ich habe geschwitzt, aber jetzt friere ich, wie vorhin in dem kalten Wasser.

Draußen ist es noch immer stockdunkel. Ich setze mich wieder vor das Fenster, das auf den See geht, und schreibe weiter. Ich schildere meinen Traum.

Während ich hier sitze, wird die schwarze Nacht blau, zuerst dunkelblau, fast violett, dann marineblau und himmelblau.

Schließlich erkenne ich in der grauen Dämmerung die Umrisse des Sees, und jetzt fahre ich zusammen: Mitten auf dem See treibt das Boot!

Mein Herz beginnt wie wild zu schlagen. Also war es nicht nur ein Traum. Ich war draußen auf dem See.

Aber wie bin ich von dort in den Alkoven gelangt?

Doch ich beruhige mich wieder. Kann ich vergessen haben, das Boot zu vertäuen, als ich es gestern Nachmittag zu Wasser gelassen habe? Ist das möglich?

Oder war ich heute Nacht wirklich dort draußen auf dem See?

Fröstelnd öffne ich die Ofentür. Das Feuer ist fast heruntergebrannt.

Ich lege das letzte Holzscheit hinein und gehe in den Schuppen, um Nachschub zu holen.

*

Draußen ist es jetzt ganz hell und fast windstill.

Es ist klares Wetter, wie gestern, zwei hoch oben schwebende Wattewolken sind von der Morgensonne hellrot gefärbt, aber die Birkenwipfel werden von den Sonnenstrahlen noch nicht erreicht. Zwischen den Stämmen hängt noch ein leichter Nebel.

Aus dem Nebel kommt nun ein Mensch, ein Mann.

Habe ich Halluzinationen? Ist auch das ein lebhafter Traum?

Oder ist wirklich schon so früh am Morgen ein Wanderer auf den Beinen?

Mir kommt ein seltsamer Gedanke: Kann der Fremde etwas damit zu tun haben, dass sich das Boot losgerissen hat? Kann er das Boot losgebunden haben, so dass es ganz von allein auf dem See herumtreiben konnte?

Aber diese Vorstellung verwerfe ich als unmöglich. Der Fremde kommt genau aus der Gegenrichtung auf mich zu. Er muss den Weg von Kringlen her genommen haben.

Der Mann hat mich gesehen und nähert sich jetzt. Ein älterer Typ mit einem fast weißen Bart. Aus irgendeinem Grund kommen mir biblische Assoziationen.

Wieder frage ich mich, ob das ein Mensch aus Fleisch und Blut ist oder ein Trugbild. Denn ich sehe ihn, das steht fest. Wenn ich mein Mobiltelefon zur Hand hätte, könnte ich dann ein Bild von diesem Mann machen?

Der Fremde trägt einen dicken grauen Wollpullover, einen knallblauen Schal und eine blaue Strickmütze. Seine braunen Stiefel reichen ihm fast bis an die Knie.

Er scheint ein robuster und bodenständiger Bursche zu sein. Und doch werde ich den Gedanken nicht richtig los: Diese ganze Erscheinung ist so durch und durch mysteriös, dass ich mich nicht frage, wer das ist, sondern *was* das ist. Seit heute Nacht verfolgen mich parallele Wirklichkeiten ja geradezu. Ist auch das hier vielleicht ein lebhafter Traum?

Er reicht mir eine kräftige Faust zum Gruß. Dieser solide Händedruck kann keine Illusion sein.

»Ein schöner Morgen«, sagt er.

Er setzt sich auf den Hauklotz, ich lasse mich auf dem Sägebock neben der offenen Schuppentür nieder.

»So früh schon unterwegs?«, frage ich.

Er nickt vielsagend.

»Ich finde, ich muss die Lage ein bisschen im Auge behalten.«

Mir erscheint diese Bemerkung ziemlich unbegreiflich.

»Im Auge behalten? Was denn?«

Er überlegt, ehe er antwortet. Dann sagt er:

»Die Jahreszeit. Das ist doch die Zeit für Leben und Tod. Oder für Tod und neues Leben. Man kann es drehen und wenden, wie man will.«

Er holt Luft und fügt hinzu:

»Merken Sie das nicht? Einen säuerlichen, aber fast auch süßlichen Geruch. Das ist das alte Leben, das verwest, und das neue, das keimt. Ohne das eine gäbe es das andere nicht.«

Seine Ausdrucksweise lässt mich denken: Wer ist das hier? Leben und Tod! Er scheint Zugang zu meinen Gedanken zu haben.

Dann kommt es:

»Mir scheint, Sie tragen eine schwere Last, mein Lieber. Ihnen geht es nicht gut. So was sieht man.«

Der Mann hat einen funkelnden Blick, so scharfe Augen, dass ich mich frage, was sich hinter seinem Blick befindet.

Es fällt mir sehr schwer, aber ich muss mich wohl damit abfinden, dass der Fremde über mehr oder weniger hellseherische Fähigkeiten verfügt.

An solche Dinge habe ich doch nie geglaubt. Aber ich war auch noch nie in einer so bedrängten Lage wie während der vergangenen vierundzwanzig Stunden.

Der weitere Verlauf des Gesprächs lässt keine Zweifel offen. Der Fremde durchschaut mich. Er ist hellsichtig, und das bringe ich mit seinen unergründlichen Augen in Verbindung.

Dass er im Morgengrauen hier heraufgekommen ist, kann unmöglich ein Zufall sein. Er ist zu mir gekommen.

Mir geht auf, dass ich gerade solche Geschichten schon gehört habe, über Menschen, die sich in äußerster Not befanden, doch dann kam plötzlich eine hellsichtige Person und reichte ihnen eine helfende Hand.

Also gibt es solche unsichtbaren Bande zwischen Menschen. Ich fühle mich ein kleines bisschen erleichtert.

Wir reden ein bisschen über dies und das, ehe er zur Sache kommt, und wieder scheint er in meinen Gedanken zu lesen:

»Ich glaube, du brauchst Hilfe, Albert.«

Ich habe also recht gehabt, denn nun nennt er sogar meinen Namen. Es ist unglaublich, aber wahr.

»Ja«, sage ich nur.

Ich bin kurz davor, zusammenzubrechen, aber ich bewahre meine Fassung.

Er weist auf den See hinaus.

»Das Boot hat sich losgerissen«, erklärt er.

»Das habe ich gesehen. Jedenfalls treibt es auf dem Wasser. Ich habe sicher vergessen, es festzubinden.«

Er sagt:

»Vor hundert Jahren ist hier in diesem See eine alte Frau ertrunken. Es kann ein Unfall gewesen sein, aber vielleicht war sie auch lebenssatt. Ein Verbrechen war es jedenfalls nicht.«

Mir fällt ein, dass wir diese Geschichte schon einmal gehört haben, aber damals wurde sie erzählt wie eine Sage.

Die Frau, von der die Rede war, hatte angeblich die Spanische Grippe. Um ihre Familie nicht anzustecken, schleppte sie sich zum Glitretjern hoch und ertränkte sich.

»Vielleicht war sie krank«, erwidere ich. »Und sie konnte es nicht ertragen weiterzuleben.«

Der Fremde nickt zustimmend. Dann starrt er auf den See und sagt fast wie zu sich selbst:

»Möge Gott verhüten, dass so etwas noch einmal passiert.«

Dann richtet er wieder seinen Blick auf mich, mustert mich forschend.

Und erst jetzt geht mir auf: Der Mann, mit dem ich hier rede, ist der Bauer, von dem wir vor einem Vierteljahrhundert das Märchenhaus gekauft haben. Eirin hatte damals seinen Blick kommentiert, die kobaltblauen Augen. Wir haben ihn in all den Jahren nicht einmal aus der Ferne gesehen. Wir sind zwar an dem Hof unten im Tal vorbeigefahren, und wir haben fast immer Ausschau nach dem Mann gehalten, haben ihn aber niemals entdeckt. Als er uns die Hütte verkauft hat, sagte er, er brauche Geld, um ein neues Wirtschaftsgebäude zu errichten, und das wurde dann auch schon ein Jahr nach unserem Einzug ins Märchenhaus vollendet.

»Knut … Espegard?«, stammele ich.

Er nickt. Ihm ist klar, dass ich ihn erst in dieser Sekunde erkannt habe. Er fragt:

»Und ihr hattet einige schöne Jahre hier oben am Glitretjern? Im Sommer waren es siebenundzwanzig ...«

Ich nicke wahrscheinlich, kann mich an meine Antwort nicht richtig erinnern, aber ich bestätige wohl, was er da gesagt hat. Dann geht das Gespräch weiter, und ich werde den Gedanken nicht los, dass der Mann mit dem funkelnden Blick trotz allem hellsichtig sein muss.

»Aber ihr seid ja zuvor schon einmal hier gewesen.«

»Wie meinst du das?«

»Zehn Jahre vorher.«

Ich versuche, verständnislos und fragend auszusehen. Aber das bringt nichts, denn wenn der Mann, mit dem ich spreche, übernatürliche Fähigkeiten besitzt, ist er natürlich gewaltig im Vorteil.

Dann kommt es. Der Bauer blickt durch mich hindurch und sagt:

»Oder habt ihr vergessen, dass euch damals beim Abstieg ein Mann begegnet ist, als ihr schon fast wieder bei dem blauen Volvo unten wart?«

Ich muss nachdenken, aber dann erinnere ich mich, dass uns damals auf dem Pfad ein Mann entgegenkam, kurz bevor wir das Auto von Eirins Vater erreichten. Wir hatten ja ein etwas schlechtes Gewissen, weil wir ins Märchenhaus eingebrochen waren, und aufgeräumt hatten wir auch nicht. Wir waren sicher gerade besonders empfänglich.

Ich glaube, ich nicke.

»Aber wir waren an dem Nachmittag ja wohl kaum die einzigen Wandersleute.«

Knut Espegard mustert mich forschend. Er sagt:

»Das kann sein. Aber deine Freundin war an diesem Nachmittag vermutlich die einzige Wanderin, die einen fast flammendroten Pullover trug. Ich habe überall rote Wollfussel gefunden ...«

Er sieht mich wieder an und fügt dann hinzu:

»... auch in allen drei Betten.«

Okay, Hellseher oder Detektiv, die Situation fängt an, einen Sinn zu ergeben. Aber nun fragt er:

»Sag mal, schlafen zwei Menschen in drei Betten besser als in nur einem oder zwei?«

Was soll ich darauf antworten? Ich sehe keinen Grund mehr, mich zu verstellen. Egal, was ich sage oder nicht sage, der Bauer mit den fast übersinnlichen Augen wird mich durchschauen.

Ich rutsche verlegen auf meinem Sägeblock hin und her und plappere drauflos wie ein Kind:

»Wir wollten die Betten ausprobieren. Wir haben uns in allen dreien geliebt. Schließlich sind wir im besten eingeschlafen, dem, das weder zu hart noch zu weich zum Schlafen war.«

Er nickt.

»Das habe ich mir gedacht. Es muss euch hier also gefallen haben, da ihr viele Jahre später zurückgekehrt seid und das Haus gekauft habt?«

Jetzt kommt mir wieder ein Gedanke, einer, den ich vor dieser Sekunde nie gedacht habe, er trifft mich wie ein elektrischer Schlag: Der Verkäufer wusste schon damals, dass wir diesen Einbruch begangen hatten, über den er so ausführlich sprach. Er bezeichnete ihn als Bagatelle und meinte, er sei schonend ausgeführt worden … Aber wir waren da ja Kundschaft. Er wollte uns das Grundstück verkaufen.

Wie um mir zu versichern, dass es so war, fügt er hinzu:

»Und damals trug Eirin denselben roten Pullover wie zehn Jahre zuvor. So kühn war sie also, oder soll man sagen, so schamlos?«

Eirin! Nach so vielen Jahren kann er sich an ihren Namen erinnern! Ich weiß nicht, warum, aber es freut mich. Es ist wie ein Zeichen von ihr, ein Winken durch die Jahrzehnte.

Etwas muss ich antworten, und ich sage:

»Wie kühn sie war, weiß ich nicht. Aber sie kennt keine Scham.«

Er sieht mich an und schmunzelt.

Dann schweigen wir für vielleicht eine Minute. Die nackten Birkenwipfel werden von der Morgensonne vergoldet, und der Nebel zwischen den Bäumen beginnt sich zu lichten.

Ich versuche, all meine Vorstellungen von den hellseherischen Fähigkeiten des Bauern beiseitezulassen, und überlege mir alles noch einmal.

Warum kommt in aller Herrgottsfrühe Knut Espegard im Eilschritt herauf zum Hexenhaus? Er muss seinen Hof ja noch im Halbdunkel verlassen haben.

Warum redet er über Leben und Tod, und aus welchem Grund greift er die alte Geschichte wieder auf, die vielleicht nur eine Sage ist, von der Frau, die sich vor hundert Jahren im Glitretjern ertränkt hat?

Er weiß außerdem genau, dass es mir schlecht geht und dass ich Hilfe brauche.

Na ja, er kann gesehen haben, dass mein Auto unten bei Kringlen steht, den weißen Toyota haben wir ja seit vielen Jahren. Auch vorher, schon als ich unten im Tal an seinem Hof vorbeigefahren bin, kann er mich beobachtet und registriert haben, dass ich allein im Auto saß. Es kommt doch so gut wie nie vor, dass wir nicht zusammen hier oben sind.

Mag sein, dass auch er in dieser Nacht unruhig geschlafen hat, er kann einen scheußlichen Traum gehabt haben, der damit zu tun hatte, dass ich ohne Eirin gekommen bin. Übrigens hat er nicht nach ihr gefragt.

Dann hat er sich auf den Weg zum Glitretjern gemacht, um nachzusehen, ob hier alles in Ordnung ist.

Was weiß ich überhaupt über die Spaziergehgewohnheiten dieses Bauern? Vielleicht macht er häufiger so einen Gang am frühen Morgen, ehe er sich in den Stall begibt. Er kann doch ein typischer Morgenmensch sein.

Vielleicht ist er auch ein Spötter. Mag sein, dass er mir schon lange gern von den roten Wollfusseln vor fast vierzig Jahren erzählt hätte. Und nun sah er die Gelegenheit, weil ich allein hier war, denn er wollte Eirin vielleicht mit diesem alten Klatsch verschonen.

Und dann, als er hier oben ankam, sah ich wohl aus wie eine blutende Wunde. Mir sitzt nach dem schrecklichen Traum noch immer der Schreck in den Gliedern, nach allem, was ich im Laufe dieser Nacht gedacht und geschrieben habe. Man braucht keine hellseherischen Fähigkeiten, um zu begreifen, dass es mir nicht gut geht. Ich wirke sicher mitgenommen. Alle hätten das sehen können.

So was sieht man, hat er gesagt.

Aber es lässt sich nicht leugnen, dass der Mann, mit dem ich rede, über eine besonders gute Intuition verfügt. Er ist kein gefühlloser Mensch.

Und jetzt fragt er:

»Wie geht es Eirin?«

»Sie ist im Moment in Australien«, antworte ich. »Auf einer wichtigen Tagung. Wasser und Mikrobiologie, Forscher aus aller Welt.«

Er hört aufmerksam zu:

»Und dann machst du, mitten in der Woche, auf eigene Faust einen kleinen Ausflug zur Hütte?«

Ich nicke. Aber nochmal: Weshalb fragt er?

Da er eine gewisse Besorgnis zum Ausdruck gebracht hat, antworte ich:

»Aber ich will bald wieder runter, ich muss nur noch im Haus aufräumen und vor dem Sommer ein paar Kleinigkeiten in Ordnung bringen.«

Jetzt legt der alte Bauer die Handflächen aneinander und hebt sie vor sein Gesicht, fast nachdenklich oder flehend. Er sagt:

»Dann grüße mir Eirin von mir. Du freust dich sicher darauf, wenn sie nach Hause kommt.«

»Ja«, sage ich.

»Du musst grüßen!«

»Ja«, wiederhole ich.

»Versprichst du mir das? Du kannst mir versprechen, dass du keinen Gruß von mir veruntreust? Tust du das?«

Ich wundere mich immer noch, warum er so eindringlich auf mich einredet, es klingt so doppeldeutig.

Für einen Moment fühle ich mich zurückversetzt in die Situation, als ich Anfang der siebziger Jahre Eirin im Aufenthaltsraum des Sophus-Bugges-Haus kennenlernte. Damals fragte sie mich nach der Uhrzeit, obwohl sie doch ihre eigene Uhr am Handgelenk trug. Und ich dachte, dass diese Frage einen Subtext haben müsse, eine gewisse Doppeldeutigkeit. Was Eirin meinte, war: Dich möchte ich gern kennenlernen.

Und jetzt ist es, als wolle der Mann auf dem Hauklotz zu mir sagen: Mach jetzt keine Dummheiten. Kannst du mir das versprechen? Kannst du versprechen, dass du auf Eirin wartest?

Vielleicht bilde ich mir das aber auch alles nur ein, so tief, wie ich in meine eigenen Gedanken und mein eigenes Elend verstrickt bin.

Aber dann fügt er noch etwas beinahe Unglaubliches hinzu:

»Vergiss nicht den gemeinen Einbruch, den ihr an einem Septembertag 1972 hier oben begangen habt. Dafür hast du nämlich niemals bezahlt. Einmal hast du mich schon betrogen. Zum Ausgleich nehme ich dir jetzt das Versprechen ab, Eirin warm und herzlich von mir zu grüßen. Ist das also abgemacht?«

Ich nicke, gehorsam wie ein getadelter Schuljunge.

Ganz zum Schluss sagt er:

»Ich habe damals den ganzen Abend rote Wollfussel aufgelesen. Das hat mich ziemlich durcheinandergebracht ... Aber das verraten wir Eirin nicht, oder?«

Ich schüttele den Kopf.

Damit erhebt er sich vom Hauklotz, kommt auf mich zu und schlägt mir zweimal auf die Schulter. Als wollte er sagen: So! Jetzt reiß dich mal zusammen!

Und er geht auf demselben Weg davon, den er gekommen ist. Er schaut sich kein einziges Mal um.

Ich bleibe auf dem Sägebock sitzen, verwirrt und benommen. Kaum ist der Mann verschwunden, frage ich mich, ob er wirklich hier war, oder ob es mir nur so schien.

Er kam wie ein Sendbote Gottes und wollte mich retten. Und ich glaube, es ist ihm gelungen.

Kein menschliches Wesen lebt allein, denke ich.

»No man is an island entire of itself; every man is a piece of the continent, a part of the main ...«

Noch vor wenigen Tagen habe ich mit einer Klasse über dieses alte Gedicht von John Donne gesprochen, auf Englisch natürlich.

Die Diskussion war sehr lebhaft, viel mehr, als ich erwartet hatte. Es erschien mir als ein kleines Wunder, dass so alte Worte eine junge Generation noch immer mitreißen können. Aber »ich« und »die anderen« ist ja keine besonders moderne Konstellation. Die sozialen Medien sind es vielleicht, und der übertriebene Individualismus. Aber nicht, dass ich ein Teil einer Herde bin. In unserer Zeit sollte man wohl manchmal daran erinnern.

Wir sind nicht nur Natur. Wir gehören zu einem dichten Geflecht aus verwandtschaftlichen, sozialen und kulturellen Zusammenhängen.

*

Ich nehme ein paar Holzscheite und gehe ins Haus, lege zwei davon in den Ofen, höre sofort, wie die trockene Birkenrinde knistert, und setze mich wieder vor das Hüttenbuch. Ich schreibe über meine Begegnung mit dem alten Bauern.

Und beim Schreiben geht mir auf, dass die Begegnung mit diesem rätselhaften Mann, ob sie nun nur in meiner Vorstellung stattgefunden hat oder wirklich draußen unter freiem Himmel, mich auf neue Gedanken gebracht hat, wie kleine Samenkörner in einem beginnenden Versöhnungsprozess.

Nicht alle Mitglieder einer Familie sind jeweils gleichzeitig anwesend. Einige leben nicht mehr und andere sind noch nicht geboren. Diese Regel gilt weltweit: In jeder Familie gibt es Einzelne, die nicht mehr leben. Das bedeutet nicht, dass sie die Familie verlassen haben.

Ich bin mitverantwortlich dafür, dass neue Familienmitglieder in die Welt gesetzt wurden, Christian und Sarah. Auch sie werden eines Tages aufbrechen und ihrer Familie und der Welt Lebewohl sagen müssen. Wie kann ich meine eigene Versöhnung an sie weitergeben?

Das könnte in den kommenden Tagen und Wochen von Bedeutung sein. Also darf ich mir nicht das Leben nehmen. Ich habe noch immer eine Aufgabe im Leben. Das ist ein gutes Gefühl.

Ich bin nicht nur ich selbst. Ich habe eine tiefere und fundamentalere Identität. Ich bin ein Vertreter der Menschheit, und die Menschheit wird mich überleben.

Ich denke an all die Leute, die mir im Leben begegnet sind, wie an einen lebhaften Funkenwirbel aus Gesichtern, Facetten menschlicher Vielfalt, wie ein lebendiges Mosaik.

Ich selbst war eine der Masken, einer der Funken, und wir haben alle eine Gemeinsamkeit, nämlich, dass wir der Reihe nach erlöschen werden. Aber das Feuer brennt, es wird ebenso kräftig wie zuvor Funken sprühen.

Ich ertappe mich dabei, dass ich mich darüber freue, dass dieser Funkenregen weitergehen wird, wenn meine Zeit schon lange vorüber ist.

Die Gespräche werden weitergehen, die wissenschaftlichen Entdeckungen werden weitergehen, und es werden ganz neue Kapitel der Geschichte und Kunstgeschichte geschrieben werden. Jetzt mache ich mir das alles zu eigen. Ich *bin* das alles.

Wenn ich im Wald eine Birke fälle, bleibt der Wald trotzdem ein Wald …

Ich stehe auf und fange an, genau das zu tun, was ich dem Bauern gesagt habe. Ich räume auf und bereite ein paar Dinge für den Sommer vor.

Nachdem ich das erledigt habe, stehe ich wieder am Fenster mit Aussicht auf den Glitretjern. Ich bin vollständig angezogen und die Hütte ist gerichtet, ich muss nur noch die Fensterläden vorschlagen. Es ist vier Uhr, Mitternacht in Melbourne.

Es war viel zu tun. Ich kann nicht ausschließen, dass ich zum letzten Mal hier oben bin. Deshalb ist alles langsam gegangen. Vieles hat zudem wegen meiner kraftlosen linken Hand mehr Zeit gekostet als sonst. Ich weiß, dass meine andere Hand bald ebenso kraftlos sein wird.

Die meiste Zeit habe ich für das Ruderboot gebraucht. Es war natürlich nicht möglich, zu ihm hinauszuschwimmen. Es blieb mir nichts anderes übrig, als in hohen Stiefeln am Seeufer hin und her zu gehen und geduldig darauf zu warten, dass das Boot an Land trieb. Aber immer, wenn es sich dem Ufer näherte, trieb es wieder hinaus, und ich musste auf die andere Seite des Sees laufen.

Schließlich, nach mehreren Stunden, konnte ich es mit einem Birkenast, dem ich mit der Axt das Reisig abgehauen hatte, auf das Heidekraut ziehen.

Die Ruder lagen im Boot, und so konnte ich es an seinen Liegeplatz zurückrudern. Während ich über den See rudere, kommt mir ein absurder Gedanke. Die erste Ruderpartie des Jahres, denke ich.

Nachdem ich das Boot vertäut habe, lege ich mich hin und halte die Hand ins Wasser. Es ist genauso kalt wie in meinem Traum.

Ich stehe noch lange da und schaue auf den See hinaus. Seltsam, denke ich, wie düster und bedrohlich der in der Nacht gewirkt hat. Nun ist er blau wie Leberblümchen und wie der Tag selbst.

Im Laufe des Tages habe ich mit Eirin ein paar SMS gewechselt.

Als ich das Boot holen ging, habe ich auf dem Handy nachgesehen und festgestellt, dass sie mehrmals versucht hatte anzurufen. Aber sie hatte auch eine SMS geschickt.

Liebster Albert! Als wir, bei dir am späten Abend und bei mir am frühen Morgen, gesimst hatten, musste ich los zur Tagung, und eine Viertelstunde vor dem offiziellen Beginn um neun habe ich mein Telefon lautlos gestellt. Erst später, gegen zwölf, sehe ich, dass Marianne ganz kurz vor der Tagung versucht hat, mich anzurufen, lange nach Mitternacht norwegischer Zeit.

Aber sie hat auch eine SMS geschickt. Sie schreibt, dass es dir sehr schlecht geht, Albert, und dass sie sich Sorgen um dich macht. Marianne weiß ja nicht, dass ich in Australien bin. Du hast ihre Anrufe nicht entgegengenommen und auch nicht auf ihre SMS reagiert. Auf meine Anrufe übrigens auch nicht. Und du hast nichts davon erwähnt, dass etwas nicht stimmt. Aber du hast »adieu« geschrieben. Inzwischen weiß ich, du bist gefasst und unversehrt. Ich hatte mir schon gedacht, dass du vielleicht zum Märchenhaus gefahren bist, also musste ich da irgendwie auch hin. Obwohl es nach norwegischer Zeit mitten in der Nacht war, so gegen vier, habe ich Knut Espegard angerufen, ich war froh, dass mir sein Name einfiel, und die Telefonnummer fand ich online. Ich bat ihn, zum Glitretjern hochzugehen und nach dir zu sehen, so bald wie möglich, und er war sofort dazu bereit. Vor wenigen Minuten kam seine Nachricht, dass es dir gut geht. Ich habe Marianne natürlich geantwortet, und sie schrieb mir zurück. Ich weiß, dass du eine schrecklich schlechte Nachricht erhalten hast, Albert, aber Marianne wollte nicht gegen die Schweigepflicht verstoßen und hat mich nicht über die Details informiert. Aber das schaffen wir zusammen! Ich sitze jetzt am Laptop und suche nach Flügen. Vielleicht kann ich morgen früh über Bangkok oder Singapur fliegen. Kannst du mich anrufen? Bitte! Hier ist es jetzt sieben Uhr abends. Halte durch, bis wir zusammen sind. Deine Eirin!

Also war der Bauer wirklich hier. Er kam wie ein rettender Engel, und dieser Engel war mir von der anderen Seite des Erdballs geschickt worden.

Ich schreibe Eirin zurück.

Liebste einzige Eirin! Danke, dass du Knut Espegard angerufen hast. Es hat gutgetan, ihn zu treffen, und wenn ich »gefasst« bin, dann nicht zuletzt, weil du ihn geschickt hast. Aber ich kann dich nicht anrufen, Eirin. Ich schaffe es jetzt nicht, mit dir zu sprechen. Ich würde zusammenbrechen, und mich vielleicht nicht mehr erholen. Ruf du mich auch nicht an, versprich es mir. Ich habe Sehnsucht nach dir und verspreche, auf dich zu warten. Aber auch du musst warten. Deshalb wirst du morgen nicht nach Hause fliegen. Morgen wirst du wie eine Königin im Tagungssaal stehen und einen PowerPoint-Vortrag über das Blaugrünbakterium halten. Du glaubst doch nicht, dass ich dich zu Hause haben will, bevor du darüber sprechen konntest? Ich rufe noch immer: Ein Hoch auf Nostoc eirinae! Und glaub ja nicht, du seist das einzige Wesen, mit dem ich zu tun habe. Morgen besuche ich Christian und June. Und natürlich Sarah. Aber ich werde ihnen nichts erzählen, bevor du zu Hause bist.
Dein Albert.

Für den Rest des Tages bleiben wir in Kontakt. Jetzt ist sie schlafen gegangen. Ich denke auch: Jetzt hat sie Ruhe. Jedenfalls hat sie eine Schlaftablette genommen. Anderthalb, schrieb sie.

Sie hat es geschafft, mich nicht anzurufen, und sie hat mir versprochen, morgen ihren Vortrag zu halten. Sie hat außerdem versprochen, beim Abschlussfest der Tagung morgen Abend dabei zu sein.

Ich habe ihr geschrieben, Kopf hoch, und sie soll auf Beifall vorbereitet sein.

Eirin und ich haben einander ernst versprochen, in guten wie in bösen Tagen zusammenzuhalten. Die guten Tage, fast nur gute, liegen hinter uns. Jetzt kommen die bösen Tage, aber vielleicht können wir auch darin etwas Gutes finden.

Alles, was mit dem Märchenhaus zu tun hat, haben wir geteilt. Es begann mit der explosiven Goldhaarnummer. Und jetzt müssen wir versuchen, uns auch an die düstere Version des alten Märchens zu gewöhnen. Wir müssen uns vielleicht abhärten und darauf vorbereitet sein, ab und zu Tisch und Bett mit der Hexe zu teilen.

Aber ich kann das Hüttenbuch hier nicht liegen lassen. Sarah soll das alles nicht lesen, und Eirin, Christian oder June auch nicht. Ich nehme es nicht mit nach Hause. Im Jotulofen lodert schließlich noch immer ein munteres Feuer.

In wenigen Minuten werde ich das Hüttenbuch zerreißen und die Fetzen in die Flammen werfen. Dieses eine Mal werde ich das Hexenhaus mit leicht geöffneter Zugluftklappe und einem Feuer im Ofen hinterlassen.

Es tut mir weh um Sarahs wunderschöne Zeichnung von den zwei Schwänen auf dem Glitretjern. Aber ich habe keine Wahl. Ich muss ihr erzählen, dass Opa traurig war und sich betrunken hat. Und dann hat er aus Versehen statt eines Holzscheites das Hüttenbuch in den Ofen geworfen.

Sie wird ja bald erfahren, warum Opa traurig war. Als Trost werde ich in Oslos Buchläden nach einem Prachtband über Schwäne suchen.

»Für den Schwan Sarah« werde ich ihr in das Buch schreiben.

Andererseits habe ich mich gefragt, wie mein eigener Versöhnungsprozess an die Familie weitergegeben werden kann. Ein Anfang könnte sein, dass ihr eben das lest, was ich hier geschrieben habe. Vielleicht werde ich das Hüttenbuch doch wieder auf den Esstisch legen, wo es lag, als ich gekommen bin.

Ich habe sehr offen über mein verzweifeltes Verhältnis mit Marianne berichtet. Das ist zwar siebenundzwanzig Jahre her, aber ich habe nicht vor, beim Abmustern vom Planeten Tellus eine dicke Lüge zu hinterlassen. Also müsste ich das Hüttenbuch doch liegen lassen. Lichtjahre weit draußen in der Weltnacht wird nicht gelogen.

Und auf Eirins Vergebung kann ich hoffen. Auch in dieser Hinsicht kann ich auf Versöhnung hoffen.

Es dauert nur noch einen Augenblick, dann werde ich aufstehen und gehen. Die letzte Entscheidung wird sein, was mit dem Hüttenbuch passieren soll.

Entweder geht es in Flammen auf. Oder es liegt wieder auf dem Esstisch, wenn ihr das nächste Mal herkommt.

Ich denke an die Monate, die mir nun für Abschied und Aufbruch bleiben.

Ein Abschied von einigen Monaten ist eine lange Zeit. Während ich dies hier schreibe, kann ich hoffen, dass es nicht viel länger dauern wird, denn mit meiner Krankheit ist es nicht gut, lange zu leben. Außerdem möchte ich für euch nicht zu einer allzu großen Belastung werden.

Aber nur einige Stunden, um Abschied von etwas so Mächtigem wie der Welt, von euch und dem Märchenhaus zu nehmen, wären zu kurz.

Ich denke, dass die Zeit, die mir bleibt, weder zu lang noch zu kurz ist. Sie ist vielleicht genau richtig.